魅丽文化 花火工作室

余生唯一的你·2

YU SHENG
WEI YI DE NI

灭绝·著

江苏凤凰文艺出版社
JIANGSU PHOENIX LITERATURE AND ART PUBLISHING, LTD

图书在版编目（CIP）数据

余生唯一的你．2 / 灭绝著．-- 南京：江苏凤凰文艺出版社，2020.1
ISBN 978-7-5594-4332-8

Ⅰ．①余… Ⅱ．①灭… Ⅲ．①长篇小说 - 中国 - 当代
Ⅳ．① I247.5

中国版本图书馆 CIP 数据核字 (2019) 第 294249 号

余生唯一的你．2

灭绝 著

出 版 人　张在健
责任编辑　张　倩　王　青
特约编辑　吴小波　雷凤伶
装帧设计　阿　和
出版发行　江苏凤凰文艺出版社
　　　　　南京市中央路 165 号，邮编：210009
网　　址　http://www.jswenyi.com
印　　刷　湖南新华精品印务有限公司
开　　本　880mm×1230mm　1/32
印　　张　9
字　　数　250 千字
版　　次　2020 年 1 月第 1 版，2020 年 1 月第 1 次印刷
书　　号　ISBN 978-7-5594-4332-8
定　　价　36.80 元

C O N T E N T S

目录

C O N T E N T S

目 录

第一章

重逢

1

金秋九月，丹桂飘香。

北城大学一年一度的新生典礼上，一名外形俊挺的年轻男孩正作为本科新生代表在台上致辞。因为男孩犀利又不失风趣幽默的演讲，偌大的礼堂里时不时爆发出热烈的掌声和笑声。

沈余抱着一大束鲜花坐在观众席上，目光锁定讲台上那个侃侃而谈的身影，秀眉微蹙，红唇紧抿，神情严肃，仿佛今天她不是来献花而是来寻仇的。

坐在她身旁的室友谢甜甜终于忍不住扯了扯她的衣服，压低声道："少女，你确定你不是去砸场子的？今天的场合太重要了，切记三思而后行啊！！！"

沈余递给她一个安心的眼神："别怕，我保证我是个良民！"

谢甜甜听到她的回答，嘴角微抽，还想再说什么，见沈余的注意力已经全部移回讲台，只好作罢。

当讲台上的演讲进入尾声，沈余猛地一下从位置上站起来。动静太大，立即引来周遭无数侧目。可此时的她却无暇顾及这些，捧着花，越过人群，飞快地朝自己的目标人物奔去。

没有人知道，她此刻有多么紧张与激动。

时隔两年未见，她有满腔欢喜思念想与讲台上的那个人倾诉。

双方的距离近了一点，更近了一点。

讲台上的人已经开始鞠躬准备离场，沈余连忙加快步伐。她一颗心扑通扑通跳个不停，满脑子都是见到对方后第一句话应该说什么。

然而，你永远不知道生活什么时候会绊你一脚！

因为，就在沈余踏上最后一个台阶要立住之际，脚底不知怎的突然一个打滑，然后整个人以迅雷不及掩耳之势朝前飞扑而去——

意外来得太快，就像龙卷风！

原本准备离场的大学新生代表言峥同学直接被飞来之物扑倒在地，当场与地面来了个亲密接触。

只听咚的一声巨响，然后时间仿佛在这一瞬间冻结，整个世界都静止了。

意料之中的疼痛没有如期来袭，沈余呆傻了好一会儿，终于偷偷睁开了眼睛。只是，当她透过花束封系看清楚垫在自己身下那位肉垫，整个人惊得魂都没了。

明明预想了无数次唯美的重逢，可万万没想到，她竟然连开头都没猜对！！！

她欲哭无泪地看着被自己压在身下的某人，伤心地解释道："言峥，对不起啊。看到你，我的脚就不受控制了。苍天可鉴，我真的不是故意要扑倒你的……那个，说出来你可能不信，其实我是来献花的……"

言峥看到女孩熟悉的眉眼，整个人如被闪电劈中，愣在当场。过了好一会儿，他终于反应过来，黑着脸，咬牙切齿道："沈余，你的手放在哪里？？？"

"啊！对不起、对不起，看到你，我的手也不听使唤了。"沈余连忙拿开自己按在他胸部的双手。不过美男在怀，她一时忘了场合，没有起身，反倒叙起旧来，"言峥，好久不见呀，你有没有想我？"

"你是谁？我认识你吗？"言峥冷笑。

"不认识？那你怎么知道我叫沈余？你这是自相矛盾啊。"沈余笑嘻嘻看着他。

言峥心里闪过一丝懊恼，再看她若无其事的样子，顿时气不打一处来，压低声音道："还不起来？你打算被人当猴子围观，别带上我。"

"……"后知后觉的沈余终于反应过来，余光一扫四周的动静以及正朝这个方向跑来的工作人员，立即一骨碌爬了起来，同时还不忘抱起那束被摧残的鲜花。

言峥冷着脸站起身，没再多看她一眼，直接与之擦肩离开。此刻若无其事出现在我面前的你，一定不会知道吧？发现你消失的那天，我心碎不已。

沈余连忙伸手去拉他，却连一片衣角都没有抓住。她愣了愣，终于无声叹气。完了，某人生气了……后果好像还挺严重……

不知道现在忏悔，还来不来得及？

沈余正打算追上言峥，却被身旁热心的工作人员拦住，在反复确认她身体无碍后，这才放她离开。只是，这短暂的耽搁，满目人海里，早已分不清哪个是言峥的身影。

接下来的时间里，沈余一心想着言峥，压根无心观礼。

即使台上致辞的那位年轻优秀又温润如玉的男性校友代表应元青，引发了观众席上阵阵掌声和尖叫声，也没能吸引她的丝毫注意力。

新生典礼结束后，垂头丧气的沈余与周围兴致高昂的新生们形成了鲜明的对比。

谢甜甜以为她是在纠结新生典礼上摔倒一事，赶紧安慰道："少女，别伤心啦。谁还没一两次失误？最重要的是，跌倒了要爬起来！我敢保证，你刚才跌倒的时候，脸是朝下的，基本没人看清你的脸。"

沈余本来没想起这茬，听到她的话顿时心塞，"那我上下台的时候呢？"

"你怀里这束花都帮你挡住了！"

沈余低头看了眼怀里的残花，长叹一口气。为什么她觉得自己一点都没有被安慰到？想了想，她决定集思广益："小甜甜，我问你个事儿，如果你不小心惹一个人生气了，该咋办？"

谢甜甜理所当然道："当然是原谅他啊！"

"呃，可是罪魁祸首是我……"

"那也选择原谅他！你为什么会惹对方生气？那肯定是因为他招惹到了你啊！"

"哈哈哈为什么你说得好像很有道理？算啦，我还是乖乖去道个歉吧。那家伙太记仇了，我要是不理他，他真的有可能不搭理我。我走了，你自己先撤。"想开之后的沈余一扫低落，抱着花转身就往化院男生寝室所在的方向跑去。

"诶，等一下，你手里的花太显眼了……"谢甜甜提醒的话一出口就消散在了九月燥热的风里，早已跑远的沈余完全没听到。

站在目的地后，沈余懊恼地发现，自己居然忘记事先探听一下言峥的寝室以及手机号了。她拦了几个看起来像是刚参加完新生典礼的男生，在得知言峥还在队伍后头后，她就安心地开始蹲点了。

化院男生寝室楼前，清纯漂亮还抱着花束的年轻女孩一站就是半个小时，很快就引来无数侧目和议论。

言峥老远就看到站在寝室楼前当壁花小姐的女孩。灿烂的阳光透过树叶缝漏下来，在她身上留下摇曳的光影。她唇角微扬，清丽的眉眼好看地弯着，周遭往来的人影丝毫不曾将她打动半分，她抱着花专注地等候着自己的意中人。

原本走在几个室友身后的言峥，不自觉加快了步伐，很快就走到了一行人最前方。然后下一秒，他就看到女孩的眼睛一下子亮了起来，生怕他看不见她似的，整个人自原地蹦起来，挥舞着手臂，大喊道：“言峥——”

前方的动静太大，走在言峥身后的仨人就跟闻到肉香的小狗般几个大跨步奔到言峥身旁，一人一句八卦了起来：

“哟，美女啊。阿峥，你女朋友？”

“初恋脸！不过不对啊，这才开学没几天，阿峥你什么时候瞒着我们偷偷脱单了？”

“蠢蛋，一看就是以前谈的嘛。没看出来啊，阿峥你居然也早恋？我还以为学神对谈恋爱这种事完全没兴趣咧……”

“啧啧啧，看来一大拨女生要伤心喽。不过话说回来，你们有没有觉得这妹子怀里的那束花有点眼熟？”

“呃，寇二你这么一说我也发现了……”

男生八卦起来，简直比女生有过之而无不及。仨人边聊边盯着沈余猛瞧，企图看出个子丑寅卯来。

一直沉默的言峥终于顿住步伐，面无表情地抬眉扫了仨人一眼，忽地露出一个亲切的笑容：“瞿大、寇二、徐三，你们口渴吗？要不要我去帮你们买几瓶水？”弦外之音——你们三个今天话太多了。

“不用这么客气啦，我来瓶农夫山泉就可以了。”因为扫雷垫底而排行老二的寇北同学完全没听出弦外之音。

“呵呵呵，那什么，人有三急，我们俩就先撤了。阿峥你忙你的哈，千万别把我们放在心上！”瞿思远和徐莫两人同情地看了寇二一眼，决定死道友不死贫道，迅速尿遁。

“这两个家伙跑这么快干吗，后面有狼在追啊……”寇二不解地摸了摸脑袋，转头对上言峥依旧亲切的笑容，猛地反应过来自己刚才干了件多么愚蠢的事情！他当下连说话都不利索了：“阿峥我我我错了，我我我去看看他们需不需要帮忙……”

话音未落，寇二已经飞出老远。

一旁的沈余听到这里，忍不住扑哧一声笑了起来。

言峥却早已敛了笑，漠然的目光从沈余脸上滑过，很快又收了回来，紧接着抬起脚步继续往前走去。

沈余见状，连忙伸手拉住他的手臂：“言峥，你是不是还在生我的气？我早上真的不是故意的。你看，我现在就是特意来道歉的。中午一起吃饭呀？”

言峥听到她的话，眉目冷了几分：“请问你哪位？”

“……”沈余默了默，然后露出一个特别真诚的笑容，“言峥同学，既然你诚心问了，那我就告诉你吧！我叫沈余，法院一年级新生，与你同年同月同日生。我的手机号是18×××××××××，最最最重要的一点，我是你失散两年的女朋友啊！！！”

言峥听到最后一句话，高冷的表情差点维持不住，“这位同学，我是不是得罪过你？”

“你真的不记得了吗？”沈余嘟了嘟嘴，忽然又紧张兮兮地看着言峥，“你刚才在典礼上是不是摔到脑袋了？有没有觉得哪里不舒服？要不我们先去医务室检查一下吧？”

言峥深吸一口气，将自己的手臂抽了回来，“我很好，谢谢。不过如果你离我远点，我会更好。”

沈余有些无奈地伸手扯了扯他的衣袖：“阿峥，你别生气嘛。你看我千里迢迢来送花，你是不是先把花收了，然后我们找个地方坐下来聊聊？这么久没见，你一点都不想我吗？”

听到沈余的最后一句话，言峥原本松动的表情再次转冷。他伸手抽回自己的衣袖，语气里尽是冷漠：“同学，请自重！”

言峥说完，头也不回地大跨步离开。

“诶？？你这就走啦？不留个手机号吗？”

风带着一阵桂花清香，却无人回应。沈余看着他毫不犹豫离开的背影，有那么一瞬间的失神。一直到那个俊挺的身影消失在视野范围许久，沈余才失落地抱着花束慢吞吞离开。

这一场久别重逢，她还以为，他会和她一样，欣喜若狂……

可是，究竟哪里出了错？

沈余离开后，三楼某个寝室阳台边聚集的几个人影立即叽叽喳喳议论了起来。

“妹子真的走了！而且看起来相当失落啊！这两人是不是吵架了啊？”

“那还用说？阿峥刚一进门，寝室里气压立马降低，连冷气都可以省了！”

“话说，我有一个大胆的猜测……早上的典礼，阿峥不是被一个妹子给扑倒了吗？会不会是因为这件事吵架啊？”

“相当有可能！！！”

仨人相互对视了一眼，不约而同地将目光望向了坐在桌前看书的言峥。

瞿思远略一思索，迈开步伐朝低气压源头走了过去，语重心长道：“阿峥啊，虽然长得帅不是你的错，但是哥哥我以过来人的经验告诉你，女朋友是用来哄的。咱们男子汉大丈夫能屈能伸嘛。你现在主动打个电话过去道个歉，你女朋友一准原谅你。”

“是是是，在恋爱这门学科上，阿峥你多听听瞿老大的话。”

徐莫和寇北两人也凑了过来。不过仨人聊着聊着，很快话题就歪到了瞿思远的丰富恋爱经验上面去了。

沉默许久的言峥终于从书中抬起头来，说道：“我突然发现一件事。”

“什么事？”仨人异口同声。

“如果一个女生等于五百只麻雀的话，那么一个男生可能等于一千只麻雀。”

“啊？为什么？”

“看你们就知道了。”

“……”阿峥这是在嫌他们聒噪吗？可是他刚刚明明盯着书本看了半天都没翻页，一看就在发呆嘛！他们四个可是从高中参加竞赛开始结下的深厚友谊啊，没想到友谊的小船说翻就翻！

言峥没有再理会他们，啪的一声将书本合上，起身去了阳台，目光落在某棵树下，然而那里早已没了某人的身影。

他拿出手机盯着刚才默默存下的那一串手机号许久，在好几次差点按下拨号键之后，嘴角终于溢出一丝苦笑。

这世上的女孩千千万，却只有一个你。我怎么会蠢笨到以为可以将你放下？

2

年少时定下的约定啊，是不是真的会随时间一起无声流逝？

可是亲爱的你不知道吧？我对你的喜欢，却随着时间越发浓烈了呢。

沈余抱着花，吸着刚刚在楼下小卖部买的酸奶，漫无目的地走在校园里，思绪还停留在“言峥不想与自己相认”这件匪夷所思的事情上面。

因为没有留心，她低头走着走着就撞上了一个人。没想到对方纹丝不动，她却一个趔趄差点摔倒，手中的酸奶更是被当场撞飞，而娇艳的玫瑰花则更憔悴了。

幸好对方眼明手快迅速扶住了她，避免了她今天和地面的第二次亲密接触。待她站稳后，男人非常绅士地松开了手。

“你没事吧？”男人温润又不失礼貌的声音在耳边响起。

“啊，对不起对不起，我刚刚没看路。”回过神的沈余连忙边摇头边致歉，“请问你要不要紧……”

眼前的男人非常年轻，眉目英俊，气质儒雅，穿一身得体的白衬衣配深色西装裤，西服外套搭在臂弯里，似乎刚刚出席过一个很正式的场合。当沈余的目光落在对方身上的白衬衣时，瞬间呆住！因为，那件洁白的衬衣上留下了一片醒目的酸奶痕迹……

男人看到沈余的脸，似乎愣了下。不过当他顺着沈余的视线，低头看了眼自己衬衫上的污渍，不太在意道：“没关系，回去洗一洗就干净了。多亏你刚刚走的不是直线，让损失降到了最低。”

他开玩笑地说完，按了下手里的车钥匙，紧接着旁侧的黑色小汽车响了一声。

由于刚刚这段是下坡路，如果沈余走的是直线，依照刚才的状态可能会直接撞上一旁停车位上的黑色小汽车。而那辆汽车的主人，恰好就是眼前这位男士。

“真的很对不起……那个，请问衣服的清洗费用大概需要多少？我把钱赔给你……”虽然对方看起来一点都不像是坏人，但是这年头谁会在自己脸上刻字呀？所以还是当面两清的好！沈余边想边开始在口袋里翻找自己的钱包，随后才反应过来自己今天没有带钱包出门，口袋里仅剩的钢镚刚才买酸奶花掉了……大写的尴尬。

“小事而已，不用在意。”男人看出沈余不减反增的窘迫，微微笑了起来，目光落在她手中那束被摧残蹂躏过的花束上，随口提议，“不过你若实在觉得良心难安，不如将手上这束花送我？”

“啊？”沈余低头瞅了瞅手中早已不复早上青春娇艳的花儿们，再次看向对方时，整张脸都写满了痛心！眼前之人长得一表人才，但是脑子好像有点问题啊？她替祖国感到惋惜！！！

本欲替沈余解围的男人，因为沈余的反应，脸上的笑容不自觉深了几分：“抱歉，我似乎提了一个很无礼的要求。”

男人手中的电话恰好响起，他礼貌地朝沈余点头示意，然后接起电话，迈开步子朝自己的车子走去。

“哎，别别别，”沈余赶忙拉住对方，将手中的花束往他怀里一塞，笑容璀璨道，“成交！不许反悔哦！”

浓烈的阳光洒下来，女孩弯着眉眼，阳光透过缝隙落在了她明亮的眼睛里，让人目眩神迷。男人一手抱着花，一手握着电话，忽然就僵在了原地。

“元青？元青？你有在听吗……”电话里传来友人一连串疑惑的探寻，却无人应答。

沈余倒是没留意到对方突如其来的异常，把花送出去后就步履轻快地离开了案发现场。而她身后，外形气质俱佳的年轻男人似乎陷入了某种回忆里，久久未曾动弹。沈余无意间回望了一眼，隐约觉得那个奇怪的男人周身似乎笼罩着一股莫名的悲伤？

唔，复杂的成人世界……

沈余回到寝室的时候，室友谢甜甜正和寝室长胡晶晶激烈讨论着什么。

她所在的寝室有点特别，目前只有三人前来报到，还有一位室友据说请了病假。三个人中，除了谢甜甜和沈余是念法学的，外号“狐狸精”的大美女胡晶晶则是念企管的。另外一个不得而知。

此番，谢甜甜一见到她，立即将其拉入话题：“沈余同志，我问你个很严肃的问题，你是喜欢新生代表呢，还是杰出校友代表？”

“啊？杰出校友代表是什么鬼？”沈余一时没反应过来。

“不是吧？当时风度翩翩的应学长一上台，全场都轰动了，你丫居然没留意到？早上坐我旁边的那个人真的是你吗？？？”

“呃，我当时没留意这些。”沈余弱弱地问了一句，“应学长又是谁？”

谢甜甜听了她的话，都要崩溃了。

胡晶晶看到夏某人吃瘪，立即不厚道地笑起来：“今天开学典礼上台致辞那位校友代表叫应元青，是一名年轻有为的优秀法官，大我们几届，咱们北城大学的传奇人物之一。小甜甜刚刚说了，应元青也算得上是你们俩的直系学长。她现在是你们家应学长的死忠粉，应家军的一员。”

“噗，应家军？怎么不叫应援军？我说小甜甜，你不是一向标榜男人是浮云吗？怎么这么快就沦陷了？早上出门吃错药了？”

“也有可能是忘记吃药了。”胡晶晶悠悠补了一刀，然后又将话题绕回去，“所以小鱼儿，你更中意哪一位？”

“那当然是选言峥啦！”沈余斩钉截铁地说完，随即又有些不好意思地挠挠头，“其实吧，你们说的那位应学长我都没记住长什么样。”

谢甜甜表示不愿意接受真相，自我催眠道：“我看这家伙之所以选言峥，完全是出自补偿心理啊。因为丫早上上台送个花，结果众目睽睽之下却把人给扑倒了。”

“什么？早上‘送花’事件的女主角竟然是我们家小鱼儿？”

“哈哈哈，你也没认出来是不是？幸亏她当时被花挡住了脸，不然现在就成全校名人了。”

“人有失足，马有失蹄，往事请别再提……”沈余默默捂脸。其实她觉得丢脸都不是重点，重点是言峥生她的气！唉，哄人是个技术活啊，要不她明天再下血本买束花赔礼道歉？

此刻，寝室另外两位小姐姐听到沈余押韵的话，纷纷笑成了一团。

“所以你那束花呢？最后送出去了吗？”

“并、没、有！”说到这个沈余就郁闷，“我在校园里不小心撞了人，弄脏了对方的衣服，然后我就把花赔给对方了……真是赔了夫人又折兵……”

两人听了沈余的故事，没同情心地再次捧腹大笑起来。过了会儿，谢甜甜忽然想起一件事：“话说回来，你不是说要去道歉吗？战果如何？”

沈余泄气地摇了摇头：“一言难尽。”

“这么难搞？介意我问一下你到底干了啥事吗？”

沈余挠了挠头，仔细回想了一下自己在新生典礼上干的蠢事，有点不确定道：“可能是伤害了一个男性的自尊？”

胡晶晶闻言搂着沈余的肩膀笑得直不起腰：“少女，你简直就是我们寝室的欢乐源泉，答应姐，继续保持下去，好吗？”

沈余看着没有同情心缺乏姐妹爱的室友们，一脸生无可恋。

当天晚上，沈余接到了一通来自江城市的陌生电话。

沈余从小生活在江城，直到两年前才随着父母举家迁往洛城。不过她以前在江城没什么朋友，除了青梅竹马一起长大的言峥，唯一一个闺中密友大概就属高一寒假上补习班的时候认识的江江了。

所以此番看到来电显示，她第一个想到的就是江江。果然电话一接通，立即传来闺密江江熟悉的声音：“小鱼儿！这是我的新号码，你快存一下，我已经把你拉入亲情包了，以后我们可以天天煲电话粥啦哈哈哈……”

沈余听见好友活力十足的声音，忍不住翘起嘴角：“二江同志，我就猜到这个电话是你打来的。大学新生活怎么样？你们开始军训了没呀？”

“大学生活我要开始放飞自我了哈哈哈。不过，明天就要开始为期半个月的军训了。我觉得我好不容易积攒了一个暑假的赘肉要保不住了……好羡慕你们，大一结束才军训。”江江羡慕嫉妒恨了一小会儿，突然想起重点，“对了！差点忘了问一下，你跟我偶像重逢了吗？”

作为言峥的脑残粉，江江口中的偶像特指言峥。而沈余之所以认识江江，也是因为言峥这一层关系。当然，一切归根结底主要还是因为缘分啦。

此刻，沈余听到江江的最后那句话，顿时泄了气：“重逢是重逢了，但是那个家伙不理我……”

“啊啊啊什么情况这是？”电话那端的江江听到好友的话，急得直跳脚，“不可能啊！你转学后，偶像从此生无可恋，不近女色。每次找我，都是来询问关于你的消息的。但是我答应过你要保密，所以就没说。我到现在都还深感内疚，为了我最好的朋友，我辜负了我偶像的信任……我有罪……小鱼儿你快详细说说你们俩到底发生了啥事，我帮你分析分析。毕竟当局者迷，旁观者清嘛。”

沈余和言峥之间的事情，江江知道得一清二楚。当年如果没有江江一语惊醒梦中人，沈余可能早就放弃言峥了。于是，此刻正愁无人指点的沈余，连忙一五一十将今天发生的事情讲述了一遍。然后，她不太确定地问道："江江啊，你说我是不是伤害了言峥的自尊心，所以他才生气不理我呀？"

江江听了沈余画面感极强的描述，当场笑喷，缓了好一会儿，她才开始支招，"小鱼儿，你说你送个花也能把人扑倒，我也是服气！你等下赶紧打电话约言峥出来，请他吃饭，外加道歉。我跟你说，这世上没有什么是一顿饭解决不了的。如果有，你就多请几顿！"

虽然来自吃货友人的建议不太靠谱，但沈余还是决定采纳。然而下一秒，她握着手机沉默了，好一会儿才吞吞吐吐道："可是，我没要到他的手机号，也不知道他寝室的电话号码……"

江江重重叹了一口气："朋友，我问个问题你别打我，你怎么上了大学反倒比以前㞞了？"

"这个问题，等你喜欢一个人的时候你就知道啦。"沈余也觉得很无奈啊。想当年，她没有意识到自己喜欢言峥这个家伙的时候，胆子可是比天还大的。

"虽然单身狗表示受到了伤害，但还是要告诉你一个好消息，偶像寝室的电话号码我没有，但我今天恰好存了他的手机号码。我现在就发短信给你，你抓紧时间打电话。你们俩这部言情小说，我从高一追到现在了。请答应我，一定要发糖好吗？！"电话那端的江江发出了最后的呐喊。

沈余还没来得及做出反应，手机里就传来了电话被挂断的嘟嘟声。

很快，一条饱含期待的短信就进来了！沈余看到江江发来的那串电话号码，第一时间将号码保存通讯录，然后深呼吸几次，开始给言峥打电话。

第一次，电话响了好多声，没人接；第二次，又没人接；第三次再接再厉，结果依旧没人接；第四次就变成了“您所拨打的电话正在通话中”。

天真的沈余还以为对方在打电话，结果半个小时之后再次拨打过去，依旧提示对方正在通话中。到了临睡前，沈余又试了一次，结果对方手机还是正在通话中。

嗯？？？她该不会是被拉黑了吧？沈余带着几分不确定询问两位室友：“打对方电话一直显示正在通话中是什么情况？”

正在敷面膜的胡晶晶好心解答：“被拉入黑名单了。”

“……”被证实心中猜测的沈余气得当场胸痛！

因为从言峥拉黑她这件事可以得出两点：第一，言峥肯定是记住了她白天自报的那串手机号码；第二，言峥知道是她，但还是选择了拉黑她。

嗯？不是约好做彼此的天使吗？

3

北城大学的新生军训历来都是安排在大一结束的那个暑假，所以新生典礼结束后的第二天就开始正式上课。

只是相较于周围充满激情朝气以及忙着认识新同学的同龄人而言，一脸苦大仇深的沈余就显得不合群多了。一天下来，同寝室的谢甜甜将同班同学混熟了大半，忙着找言峥算账的沈余则连全班多少人都没记清楚。

当讲台上的老师宣布下午的课程结束，憋了一整天的沈余立即箭一般冲出教室，直奔隔壁教学楼。沈余到目的地的时候，正赶上言峥他们下课。

言峥他们今天下午上的是大课，全班近两百个人，一下课人潮涌动，但沈余却依旧如从前那般一眼就找到了人群里的言峥。

她穿过人群，快步走到言峥面前，单刀直入："言峥，为什么不接我电话？"

正在和室友说话的言峥看见突然出现的沈余，下意识皱了皱眉，却没理她。

沈余看着眼前之人熟悉的眉眼，语气里不自觉带了丝委屈："你明明知道是我，为什么还把我的电话拉黑？你就那么不想见到我吗？"

言峥没说话，绕开她就走。

沈余见状，一着急，直接伸手拽住了言峥的衣角："喂，法院下判决书还要说明理由呢。你不理我是不是应该告诉我为什么呀……"

言峥被迫停下脚步，面无表情地看向她："同学，你哪位？"

即使某人昨天用过这矢口否认的招数，沈余还是觉得自己幼小的心灵受到了伤害。她松开他的衣角，赌气道："言峥，你要是再这样莫名其妙，我也不理你啦！"

"这位同学，偶像剧别看太多，对大脑发育不好。"言峥语无波澜地说完这句话，然后就迈开脚步朝教室外走去。言峥身旁的室友们早认出沈余就是昨天抱着花找言峥那位。他们只当情侣两人在闹别扭，想劝说几句，但是又无从开口，只得跟上言峥的步伐。

"……"遭受周遭异样目光注视的沈余站在原地，默默地看着言峥离去的背影，脑子里只有一排大字——人生不如意事十之八九。

不过在此后的大学新生活里，沈余很快就发现，人生不如意事十有八九这个概率是不存在的！因为人生不如意事，每天都有……

当然，这是后话。

此刻，言峥走后，沈余听到身旁传来议论声——

"什么情况？"

“这不明摆着吗？花痴呗。用追星界的话来说就是私生饭啊。”

“啧，见过不要脸的，但是没见过这么不要脸的……这脸皮是有多厚……”

这两位女生边说边看向沈余，就差指名道姓了。

沈余知道刚才那一幕很容易让旁人误解，但是听到这两位女生的话，还是觉得不爽。

这世上，女生对女生还真是苛责啊。你看，不知前因后果，轻而易举就给别人贴标签，然后进行一番鄙夷和批评。真把自己当上帝吗？

沈余转向声音出处，朝那两位女生扬起一个大大的笑容：“你们不知道吗？厚脸皮不仅是成功的充要条件，还是一种先天优势！所以，不要太羡慕嫉妒恨哦。”

至于她跟言峥之间的事情，干这些外人什么事！

沈余离开教室的时候，听到身后那两个女生在气愤地讨论她的专业，说要去校BBS扒她。不过她才没工夫理这些闲杂人等，她目前首要任务是搞清楚言峥这家伙到底为啥跟自己闹别扭。

可惜沈余追出去的时候，言峥一行人已经没了踪影，于是便只好暂时作罢。

文科楼前，谢甜甜正抱着课本翘首以盼。见到沈余一脸失落地出现，谢甜甜不由疑惑：“你刚刚跑那么急到底去干什么啦？居然连课本都不要了……”

沈余一手接过自己的课本，一手揽住室友的肩膀，叹气道："我刚才去思考了下人生，结果发现人生不如意事十之八九。"

"哈哈哈哈，你这是又受到什么打击了？少女，大学生活刚起了个头，请你一定要心怀希望啊！走，我们去食堂吃顿好的！我跟你说，这世上没有什么事情是吃一顿饭解决不了的！如果有，那就吃两顿！"

"小甜甜，你跟我闺密简直是同一类人，俗称吃货。"

"有机会请介绍我们认识。"

"没问题。那我们去哪个食堂吃饭？要问下晶晶吗？"沈余忽然觉得学校太大以及食堂太多也不太好，因为想要和言峥来场偶遇都难。

"我打电话问问。"谢甜甜立即打电话给胡晶晶。两人在电话里聊了两句，很快约好她们俩先去附近食堂占座，然后胡晶晶赶过来会合。

饭点的食堂，绝对是大学里最热闹的地方之一。

沈余和谢甜甜抵达食堂的时候，被里头火爆的就餐场景惊到了。两人找了个空位把课本一放，立即跑去排队。万万没想到，等两人历经千辛万苦打好仨人的饭菜，座位居然没了！这也算了，课本居然也不见了？？？

两人面面相觑，一度怀疑自己是不是记错了位置。这会儿用餐的很多人桌上都摆着课本，要找到课本就只能先分辨科目再对姓名，但是拿着餐盘太不方便，于是两人只好分工合作，谢甜甜主动请缨去找课本，沈余则留下来看着餐盘。

大学上课第一天就把课本弄丢，两人内心都很焦虑。可越焦虑，就越容易忽略一些东西。因此，谢甜甜将餐厅二层转了快一圈也没发现蛛丝马迹。

坐在餐厅偏中间位置的几个男生看不下去了。

“寇二，你过去跟她说一下。”言峥对身旁的寇北交代完，自己起身径直朝沈余所在的位置快步走了过去。

沈余正在低头跟胡晶晶发信息，肩膀突然被拍了一下。她反射性回头，对上言峥那张突然出现的俊颜，手一抖，手机没拿稳滑落了，差点掉汤碗里。幸好言峥身手了得，及时接住手机才避免了一场悲剧。

“阿峥，你你你怎么在这？”而且还是主动打招呼！沈余一脸喜色地看着言峥，刚才的焦虑全部抛诸脑后了。

“端上餐盘跟我过来。”言峥说完，一手端起一个餐盘，往自己的位置走去。

沈余虽然满头雾水，还是依言乖乖地端起剩下那个餐盘跟了上去。

很快，沈余就知道言峥叫自己过来的目的了。因为她看到言峥他们寝室的几个室友坐在一起，而自己的室友谢甜甜则坐在他们对面的空位上，旁边还空着三个座位。

已经早一步入座的谢甜甜见到沈余过来，立即兴奋地接过沈余手中的餐盘，然后指着一旁的课本说："小鱼儿，你看，我们俩的课本！哈哈哈，原来寇北他们刚才看到我们的课本被人随意丢在角落，便好心帮我们收了起来，而且，他们还帮我们仨占了位置！"

"谢谢你们，我们俩刚才都要愁死了。"沈余赶紧朝眼前的几个男生道谢，然后在言峥对面的位置坐下，"你们好，我叫沈余，和甜甜是同一个寝室的。"

因着言峥的关系，在座的几个男生对沈余十分好奇，主动自我介绍："我叫瞿思远，以后有什么需要帮忙的，可以来找我。"

"瞿老大，你是不是想多了。有需要帮忙的地方也是直接找阿峥嘛。三……"徐莫口中的某个称呼刚要脱口而出，蓦地及时改口，"你好，我是徐莫。"

寇北对徐莫的尿样，非常鄙视。他的目光在沈余和言峥两人身上巡睃了番，笑嘻嘻道："我叫寇北，是阿峥的室友，三弟妹你好。"

话音未落，寇北的脚背立即受到来自徐莫同学无情的会心一击。他整个人刚要弹跳起来，就感觉肩上猛地一沉，转头对上言峥阴恻恻的表情，顿时头皮发麻。

"寇北，你知不知道嘴巴除了用来说话，还有其他功能？"言峥将自己的手拿开，尽量让自己的语气显得"温和"一点。

沈余没有反应过来发生了什么事。倒是谢甜甜摸了摸下巴，打量了言峥和寇北好几眼。

寇北为保狗命，立即改口："……口误口误，小姐姐你好呵呵呵。你们的课本其实是阿峥最先注意到的，也是他让我们多占几个座位。所以不用谢我们，谢谢他就好了。"

所以，眼前这个家伙并没有表面上看起来那样无动于衷嘛。这个认知让沈余早前低落的心情好转了不少。她开心地举起汤碗，说："言峥，谢谢你呀。我以汤代酒，敬你一杯！"

言峥不理会她幼稚的行为，也不想搭理她，但是忍了几秒，没能忍住："道谢就免了，下次出门记得带脑子。"

"啊？"沈余的脑子一下子没转过弯。

"课本会说话吗？你怎么不直接用手机占座？"言峥见她一副状况外的样子就忍不住来气。

"言同学，虽然我们很感谢你的帮忙，但是你这话就有点难听了吧？"谢甜甜欣赏的是应元青那样的类型，对言峥这种可不感冒。此时她听了言峥的话，不乐意了。

沈余连忙劝架："算啦，小甜甜你大人不记小人过啦。他除了毒舌一点，其他还行。"

"……"言峥语噎。这是夸他？他怎么一点都没有被夸到的喜悦。

谢甜甜听到沈余的话，总觉得哪里不对，但是一时又想不清楚哪里不对，所以也没有再说话。

场上气氛有点僵。

身为气氛担当的寇北立即出声解释道：“你们没看食堂外面贴着的告示吧？开学比较乱，今天中午食堂有人用书包课本等物件占座，结果丢了。其实阿峥只是想提醒你们注意一下自身财物安全，没有恶意的。”

“啊，这么一回事啊。”谢甜甜意识到自己的不对，爽快道歉：“对不起，是我误解了。不过你说话也可以稍微委婉一点嘛。”

沈余连忙赞同地点头，眼睛却看着言峥：“就是，万一不小心伤害了我们这些祖国花朵幼小的心灵可咋办？”她这话就是特意说给言峥听的。

在场几人纷纷被沈余的话逗笑，除了言峥不为所动。沈余看着言峥那副油盐不进的样子有点发愁，一时不知如何进攻，只好埋头苦吃。

过了几分钟，胡晶晶同学穿着一身红裙姗姗来迟，打破了原有的寂静：“少女，你们在聊什么呢？笑得这么灿烂。”

沈余寝室三人分属三种不同的类型。胡晶晶留着一头大波浪卷长发，喜欢打扮，身材又好，美得性感，像一朵娇艳的玫瑰花。谢甜甜的性格和名字完全不符，有点微胖，资深吃货一枚，不太在意外表。而沈余气质清新，五官集合了父母的所有优点，眉目清澈又透着灵动，笑起来娇俏甜美，让人有种初恋的感觉。

这一群人男的帅，女的美，一时吸引了很多人的注意。

“晶晶，你可算来啦！再不来我们就要去找你了，快坐下来吃饭。”沈余和谢甜甜两人连忙招呼室友坐下，然后言简意赅地将拼桌的原因说了一遍。

胡晶晶环视了下在场的几个男生，最开始认出言峥的时候微微挑了下眉，等看见一旁打扮成运动型男风格的瞿思远时，不由停顿了两秒。不过，她掩饰得很好，所以没人看出来。

“你们好，我叫胡晶晶，是小鱼儿和甜甜的室友，企管专业新生。”胡晶晶伸手撩了下长发，笑盈盈地看着眼前的男生们，“你们几个都是化院的吗？”

“对啊，小姐姐你好，我叫寇北，是我们寝室的氛围担当。”寇北简单自我介绍过后，主动揽过介绍室友的任务，“这个是徐莫，这个是我们寝室长瞿思远，剩下这个不用我介绍你也知道了，今年上台发言的新生代表，言峥。”

言峥和徐莫礼貌地朝胡晶晶点了点头，以示招呼。瞿思远在盯着胡晶晶看了好一会儿之后，终于将内心的疑惑问出口：“请问，我们是不是在哪里见过？”

见到胡晶晶的第一眼，瞿思远就觉得自己似乎在哪里见过，但是怎么也想不起来到底在哪见过。

胡晶晶幽默地回了一句：“对美女有印象，不是很正常的事情吗？”

瞿思远对胡晶晶越发感兴趣：“那么请问美女，介不介意互相留个联系方式？认识也是缘分，以后两个寝室可以约时间一起出来玩。”

胡晶晶也不扭捏：“好啊。”

于是，一群人相互报了手机号码。而言峥的号码，自然有寇北在旁边代为播报。

沈余存完寇北等人的电话号码，不由想起自己被某人拉黑的手机号码，连忙双手合十诚恳地朝某人致歉：“阿峥，对不起啊。昨天的开学典礼我真的真的真的不是故意的，你别生气了，原谅我好不好？”

言峥冷笑：“我为什么要原谅你？”

两年前，不当面告别就离开，然后就是两年的音讯全无，现在又若无其事地出现。她可曾有那么一点将他放在心上？她有什么资格要求他原谅她？她就那么笃定自己会在原地等她吗？

沈余有些不明白他突如其来的怒气，正待细想，旁边已经有人惊声打断她的思绪：“什么？小姐姐你就是那天的乌龙送花事件女主角？”

沈余心虚地点了点头：“我纯粹是太紧张了，所以没站稳……”

寇北等人面面相觑，过了一会儿，追问道：“所以你打电话是为了道歉吗？”

“算是吧，但是他把我拉黑了……”

“噗……哈哈哈……”几个男生当场笑喷。

他们几个还以为送花的女生和言峥有私仇，所以对女生的身份好奇不已。万万没想到，原来女主角就是眼前这一位……

“小姐姐，你可以打我们几个手机，我们帮你转接，或者你可以打我们寝室电话。”寇北决定为了室友的幸福，牺牲小我。

“哎，这个可以有！你们寝室号码多少？我存一下。”

寇北报了一串数字，沈余迅速存下。她收起手机之时，还不忘朝言峥眨了眨眼。一旁被卖掉的言峥，看着这两个家伙，无奈地揉了揉眉心。

“怎么感觉咱们这顿饭成了变相的相亲大会……”沈余心情一好，就有心情开玩笑了。

“这要是相亲大会，那我等单身狗不是很惨？话说你们寝室只住三个人吗？”

“还有一个没来报到呢，好像是请了病假。”胡晶晶尝了一口冷掉的青菜，紧接着放下了手中的筷子。

瞿思远留意到这一幕，贴心道：“饭菜凉了不好吃，我去帮你重新打一份吧？你有没有喜欢吃的？”

胡晶晶意外地看了对方一眼，婉拒了。

沈余和谢甜甜见状，对视了一眼，然后八卦地笑了起来。

再长的一顿饭，总会有结束的时候。

分开的时候，沈余看着言峥转身，犹豫了一下，没有拉住他。有些话，她还是私下跟言峥说比较妥当。虽然言峥还是没有主动将她的手机号码从黑名单里解禁，但是上有政策下有对策嘛。

当晚，沈余和室友上完晚自习回到寝室，屁股还未碰到椅子，就见到两位室友都掏出手机开始打起了电话，有打电话给朋友聊新生活的，也有打给家人报平安的，言语之间都透着喜悦。

沈余有些羡慕地笑了起来。她忍不住掏出手机翻出了通讯录，目光在人数寥寥无几的列表上飞速扫过，排除了饱受军训摧残的江江之后，最终落在了言峥的名字上。

言峥寝室的电话只响了一声，立即就被接通了。

“你好，我找言……”沈余话还没说完，立即被人打断。

“打错了！”接电话接到手快断掉的寇北顺手拔掉了电话线。

“……”沈余听着手机里传来的通话被挂断的忙音，一脸茫然。如果她没听错的话，刚才那个男声就是晚上在食堂，与自己相谈甚欢的寇北同学。

言峥寝室内，寇北此刻手里拿着电话线接头跟室友们吐槽：“我说今晚找阿峥的电话也太多了吧？阿远、老徐，你们俩说实话，到底谁透露的寝室电话号码？我手都要接断了！！！”

徐莫翻了个白眼：“寇二，哥哥我终于体会到什么叫人在床上坐锅从天上来了！”

瞿思远正坐在电脑前上网，压根没空搭理寇北。倒是言峥难得的和颜悦色：“寇北同学，你有没有学过一个成语？”

“什么成语？”

“自、作、自、受。”

“……”寇北用求助的眼神望向徐莫。

徐莫好心解释：“阿峥的意思就是让你下次别再大庭广众之下报咱们寝室的号码，特别是食堂。”

“……”寇北觉得自己比窦娥还冤！他这是为了谁？还不是为了他们家阿峥的幸福？

女生寝室里，沈余回过神后，立即又拨出了第二个电话，结果一直无人接听。这天晚上，沈余又坚持不懈地打了几个电话，结果都是响铃到自动结束，也没人来接听。

不仅如此，更令人郁闷的是，之后连续几天，沈余打电话到言峥寝室，永远都是无人接听的状态！

沈余本来是不想麻烦言峥的室友们的，但某天还是忍不住打电话去找了寇北。

“打你们寝室电话怎么老是打不通？”

“啊，不好意思，自从那天在食堂报了寝室电话号码，电话就被很多女生轰炸了。所以阿峥就让我们直接把线拔掉了。诶，你怎么不打电话给我们几个？”

“……”沈余无语问苍天，敢情她这些天都做了无用功啊，“那你现在和言峥在一块吗？在的话，麻烦你帮我喊一下言峥，谢谢。”

过了一小会儿，寇北满怀歉意的声音从电话那端传来：“呃，对不起啊小姐姐，言峥说他不在。”

“……”人性呢？

如果不是天已黑，沈余绝对立马跑到言峥面前拽住他的衣领，问一句——

爱我你是不是怕了？

第二章

南墙

■□■ 1

大学正式上课后的第一个周末，独自窝在寝室做作业的沈余收到了寇北发来的关于言峥去图书馆的情报，然后毫不犹豫地抛弃作业，直奔图书馆。

沈余气喘吁吁跑了一路，最终在图书馆门口看到了言峥的背影。她长松一口气，放缓步调，心情愉快地跟了上去。

周末的图书馆，来看书、做作业或查资料的学生随处可见。

沈余跟在言峥屁股后面来图书馆打卡时，望着周遭认真学习的学霸们，惭愧之情油然而生。

这世上最可怕的是什么？是比你优秀的人来图书馆努力学习，而你却来图书馆追男人……不过，一秒之后，她就大方地原谅了自己，并将这种影响自己追男人的情绪抛诸脑后。

因为她觉得学习虽然很重要，但是言峥对她而言也一样重要啊。这世上之事，值不值得，皆因人而异。反正，为自己的选择负责就行了。

沈余一路尾随着言峥上了二楼的外文图书借阅中心。不过图书馆人太多，沈余注意力都在言峥身上，所以一不留神撞到了人，导致对方手上的书籍全数落在了地上。沈余只好立即停下来，一边帮忙捡书一边朝对方道歉。

男生穿着一身灰黑，戴着一副厚重又笨拙的眼镜，原本低垂的脑袋因为沈余的道歉声而飞快地抬了起来，对上沈余满怀歉意的面容，又迅速垂下头去。

“没关系。”男生低声说完，抱起书本快步离开。

沈余没将这个小插曲放在心上，而是开始继续搜寻言峥的身影。在她几乎要把二楼都翻遍之际，终于又看到了言峥。他站在最后一排书架前，聚精会神地翻阅手里的外文书。

沈余不忍打扰，随手从书架上抽了一本书，装模作样看了起来。可是一分钟后，一个字都没看进去的她，只好放弃挣扎，将手里的书本合上，开始专心致志地看人。

淡淡的桂花香不知从何处飘来，明亮的光线下，尘埃浮动，周遭的一切仿佛都慢了下来。那个我喜欢的少年郎啊，他就那么静静地站立在日光下，像一棵倾城的树。

完蛋了！十九岁的我突然发现，我可以抗拒这世上一切诱惑，独独除了你……

旁侧投过来的那道目光太过炽热，让人想忽略都不行。

言峥用余光偷偷瞥了眼不远处的沈余，无声叹了口气。只要她在旁边，他就永远没办法做到心无旁骛。他有意避开她，可他的心却总是不由自主地被她吸引……就像拿起这本书的那一秒到现在，他翻了这么多页，其实一个字都没有看进去……

可这些啊，她大概永远不会懂吧？就像她也许一辈子都想不明白自己究竟为何生气。

她搬家后的那几百个日日夜夜，他无时不刻不在担心她过得怎么样。可她呢？一次都不曾主动联系过，发给她的QQ留言也石沉大海无人回应。

如果不是那次高三毕业全年级聚餐，江江酒后吐真言说她和沈余一直保持着书信以及电话联系，他可能到现在还被蒙在鼓里。他在她心目中的地位，竟然还不如江江。

这些也就算了，更可气的是，这个没良心的家伙竟然到现在都以为他是在生气开学典礼那个乌龙事件……他们从小一起长大，她竟然一点都不理解他。

然而最最可气的是——

尽管如此，她还是赢走了他的心。

与此同时，一旁的沈余还不知道言峥早已发现她的存在。

她在猛然意识到自己对言峥的情感早已超越了喜欢之后，不由哀号了一声，顺势用手里的书挡住了自己的脸。然而，即使眼睛看不见那个人，心脏却依旧为之沉沦。她不得不承认，她又一次输给了他，而且还是心甘情愿的那一种，虽然从小到大，她压根就没赢过他……

就在沈余为自己沦陷在爱情里而感慨万千之际，一道女声打断了她的思绪：“同学，请问你手里的书还看吗？不看的话，能不能放回原位？我想借一下。”

弦外之音是，别占着茅坑不拉屎。

沈余反射性把书移开，只见一个短发女生不知何时站在自己身旁，此刻正面无表情地盯着自己……手里的书。沈余干笑了两声，很尽地将书放回了书架上。女生撇了撇嘴，没看沈余，直接拿起书就走了。

理亏的沈余摸了摸鼻子，忽然反应过来，动静这么大，言峥会不会发现自己的存在？她赶紧朝言峥所在的方向看去，结果……那个地方连个鬼影都没有……

她叹了口气，认命地继续寻找言峥，不过很快，她就找到了坐在阅览桌前的言某人。

大概是沈余的目光太过热辣，坐在言峥面前的那位哥们在连续和沈余对视了好几次之后，终于败下阵来。此君一走，沈余立即以百米冲刺的速度飞了过去，一屁股占据了该位置。

言峥只觉得一阵风迎面吹过，下一秒就听见某人熟悉的声音轻轻响起：“嘿，阿峥，好巧啊！咦，你好像换了一本书？”

沈余话音刚落，立即伸手捂住了自己的嘴。可惜覆水难收，为时已晚。最后一句话脱口而出的时候，她跟踪他的事情就暴露了……

言峥瞥了她一眼，然后又继续低下头看书。

沈余从这一眼里感受到了许多，例如，言峥在为她的智商感到担忧！

“放心吧，科学研究表明基因并非影响智商的唯一因素，所以你就不用担心我们家娃的智商问题啦。”

“……”言峥听到她口无遮拦的话语，嘴角微微抽了抽，努力忍住不理她。

沈余再接再厉，压低声音开始说服他：“为了娃的将来，我们是不是要抓紧时间增进一下感情？都说相请不如偶遇，要不我们等下一起吃午饭吧？”

言峥看她一本正经地胡说八道，终于忍不住一把合起手中的书，指了指桌面上禁止喧哗的标语，“识字吗？”

沈余可不想惹言峥生气，于是识趣地伸手在嘴上做了个拉上拉链的动作。言峥见状没再吭声，径自站起来，离开了座位。沈余以为他要离开，立即厚着脸皮跟了上去，结果发现言峥只是去换了一本书。

言峥换好书，瞥了眼紧跟在自己身后的沈余，没有说话。虽然心虚，但是沈余觉得这个时候坚决不能认㞞，所以迅速调整表情朝他灿烂一笑。

从小到大，言峥只要一对上她的笑容就什么气都没了，此刻也不例外，但他面上却不显，依旧冷着一张脸，仿佛被人欠了几千万。

沈余也不知道言峥到底有没有生气，一时没招，只好继续将厚脸皮的优良传统发扬光大。

幸好座位没有被其他人占领，两人重新坐下后，言峥继续看书，而沈余则不太感兴趣地翻阅着手里顺手挑的外文书，然后时不时偷瞄一下眼前的人，心意昭然若揭。

没过多久，言峥又站了起来。

沈余反射性跟着起身，一抬头对上言峥皮笑肉不笑的表情，索性一不做二不休，主动询问："要走了吗？一起呀。"

谁料言峥这家伙不按套路出牌，两个字就让她闭上了嘴："不送。"

沈余只好用行动表达自己撞了南墙也不回头的坚定意志，寸步不离地跟在他屁股后面继续打转。

这次，言峥挑好书之后，就近找了个位置坐了下来。

沈余瞪着某人，气得牙根痒痒。她觉得言峥这家伙绝对是故意的，因为他选的这张四人桌，其中有两个空位置上都放有私人物品，另外一个位置则坐着一个低头发信息的男生。

嗯，所以她现在正站在桌旁干瞪眼。

不过，当低头发信息的男生抬起头后，沈余这个跟屁虫的悲惨命运瞬间来了个三百六十度大反转。

"诶？学弟？这么巧啊。"男生认出言峥时，一张国字脸立即笑开了花。

"邵学长。"言峥显然也认出了对方，微笑着打了个招呼。

"过几天有社团活动，记得一定要来参加啊，到时候我会再发消息提醒你。"邵明浩一脸慈爱地看着小学弟。自打小学弟加入他们社团，社团立即迎来了春天，入社人数屡破新高，甚至频有超越北城大学老牌社团的趋势！

“好。”言峥依旧言简意赅。

“呃，这位是……”邵明浩看向站在桌边存在感极强的沈余，暗自猜测了一下眼前这俩人的关系。

沈余抢在言峥之前开口：“嘻嘻，邵学长好！我们俩是一起的，青梅竹马两小无猜，不信你问他。”

沈余话音未落，耳边就传来言峥无情的打脸：“我和她不熟。”

“……”沈余默然，这家伙的良心不会痛吗？

好在邵明浩拥有一颗成人之美之心：“学妹啊，你就先坐学弟旁边那个位置吧，我朋友估计还要过一会儿才到。”

“好嘞，谢谢学长！对了，请问学长你们是哪个协会的呀？”

“天文爱好者协会。”

“哇！高大上！我从小最喜欢做的事情就是观星赏月探索星空的奥秘，所以学长，请问你们社团还缺人吗？”

“缺啊！那改天你来社团找我，我给你发入社申请表？”

“好的好的。”沈余越看越觉得眼前的学长和蔼可亲，当即开始交换手机号码。

言峥第三次站起来的时候，正与邵明浩聊得热火朝天的沈余放松了警惕，没有跟上去。万万没想到，等她反应过来不对劲的时候，图书馆里早就没了言峥的身影。

沈余在借阅台登记表上看到言峥的名字时，不得不承认姜还是老的辣啊。小学课本里那则“狼来了”的寓言故事，果然很有警示作用……

傍晚时分，搞定作业的沈余独自出门去食堂吃晚饭。沈余吃完饭，回到寝室门口的时候，意外听见两位室友在里面聊天——

“……是煎熬吧。”

“岂止煎熬，要疯好吗？”

……

沈余纳闷地推开门走进去，“你们在聊什么奇奇怪怪的话题？”

胡晶晶晃了晃手机，说：“我们俩在聊校 BBS 上看到的一则讨论帖，曾经喜欢你的人突然不理你了，是一种怎样的体验。”

沈余一听，将手里的钥匙往桌面一拍，顾不得手痛，深有体会道：“应该是分分钟都想打死他！但是，又舍不得……”

“啊？”两位室友纷纷震惊地看着她，“居然有人这么不长眼？想不想吐槽发泄一下？我们帮你一起骂他！”

“一把辛酸泪，不提也罢……”上一秒还气势如虹的沈余，秒变萎靡。骂他？舍不得。其实她刚才说得也不太对，言峥虽然不理她，但是还喜欢着她呀。

胡晶晶哭笑不得地搂住她的肩膀，帮她打气：“振作一点！这年头，三条腿的蛤蟆不好找，但两条腿的男人遍地跑！你有什么要求？说出来，姐姐帮你介绍一个靠谱的。”

“算了，跟不喜欢的人谈恋爱还不如兼职赚外快。”

“噗——”胡晶晶和谢甜甜当场笑喷。紧接着，谢甜甜突然想起一件事，“你前天是不是说要找兼职？”

“是啊是啊，有活儿要介绍给我吗？我瘦瘦有肌肉，能打还能扛，你值得拥有！”

“哈哈哈哈哈哈，报名那天怎么没发现你是个活宝！我同学那有个超市促销员的兼职，明天上午十一点到晚上七点。不过超市周年庆活动，会比较累，然后一天一百，不包午饭。你想不想去？”

“行啊，正好明天周日没什么事。”一百块钱是什么概念呢？食堂一顿饭，荤素搭配十块钱以内。

沈余至今还记得，暑假收到录取通知书那天，她的父亲搂着一个大肚子的女人坐在家中客厅里，对她说的那段话。大意就是，你成年了，以后你的人生你自己负责。随后他们拿走了她考上大学的二十万元奖励金，只留了三万块和一个行李箱给她。

然而，大学学费四年加起来就两万多了，再加上生活费等七七八八的，她得提前攒钱啊，不然连学都上不起咯。

2

“××× 卫生巾大减价，满五赠一，多买多送，走过路过不要错过，错过一次等一年……”

人头攒动的超市周年庆，沈余和早上刚认识的女同伴穿着促销品牌的衣服，站在卫生巾的促销展台前叫卖，心情甚是微妙。

这年头，钱果然不好赚啊！大型超市的周年庆活动就像个灾难现场，大爷大妈推着手推车就跟打仗似的，为了抢一盒鸡蛋能上演“全武行”。

此时此刻，人声鼎沸，加上播着促销信息的喇叭声此起彼伏，沈余和小伙伴弱鸡般的叫卖声迅速被淹没。

旁边驻扎超市的卫生巾促销员是个四十多岁的大姐，对她俩的表现非常不满意：“你们这些小姑娘是不是没吃饱？怎么声音这么小？我示范一下，都学着点啊！”

大姐不愧是久经沙场，声如洪钟，一开嗓就吸引了一堆顾客。在顾客的咨询声中，大姐游刃有余，轻轻松松就卖出了许多商品。

沈余和小伙伴当场受教，学着大姐的样子，开始叫卖。不过因为不好意思，所以沈余在叫喊的时候，投机取巧地将双手放嘴边做喇叭状。结果，被大姐点名批评了。

“小沈，叫卖的时候不要用手挡住脸！卖卫生巾又不是做贼，有什么不好意思的！”

“呃……”沈余默默将手放下，一张白皙的脸早已红到了脖子根。

不远处的货架边，应元青抱着一个五岁的小男孩经过，目睹这一幕，下意识停下脚步，只是并没有走近。

小男孩见他突然停下不走了，好奇地问:“爸爸，你在看什么？”

应元青收回目光，温和道：“没什么。康康，我们先去买你喜欢的芝士和牛奶，好吗？”

康康乖巧地点点头，“爸爸，我们买完东西后，可以去看小鱼吗？”

“可以。”应元青笑起来。小家伙对鱼的执念还真是深，每逢逛超市，必定要去海产区看鱼。

约莫半个小时后，应元青买好所需的物品，抱着娃准备去海产区看鱼，无意间看到角落里一位上了年纪的大妈正在费力地拿货架高层上的物品，便主动朝对方走了过去。

“康康，你站在这里别乱走，我先帮奶奶取一下东西，好吗？”应元青温声询问完，得到孩子点头后，将其放在了地上。

在帮人取下货架高层上的物品后，又收到了另外几名老人的求助。他倒是没有一丝不耐，好脾气地一一点头应允，且一边拿东西，一边还不忘关注孩子的动向。不过再周到，也会有失误的时候。当他搞定手头的事情，突然发现明明上一秒还回应自己的孩子，此刻却没了身影。

平日让五岁的小孩在超市乱跑已经够危险了，更何况今天还是超市周年庆，人流量是平常的好几倍。他眉头紧锁，立即开始四下寻找康康。

可惜，周围找了一圈都没见到康康。紧接着，他又去了海产区，结果依旧没找到人。最终，他决定不浪费时间，直接去服务台求助。

令应元青没想到的是，他还没抵达服务台，超市广播里就传来一则语音通报——

“请徐昊康小朋友的爸爸速来服务台！请徐昊康小朋友的爸爸速来服务台！请徐昊康小朋友的爸爸速来服务台……”

应元青听到广播，紧蹙的眉头微微舒展，加快脚步直奔目的地。

当他看到被人抱在怀里的小家伙时，一颗高悬的心终于安稳落下。正被沈余抱在怀里的小萌娃一见到应元青，立即从她怀中挣脱，朝应元青飞奔而去。

应元青将小家伙紧紧抱在怀里，一开口语气却异常严肃：“康康，我不是告诉过你别乱跑吗？知不知道独自乱跑是一件很危险的事情？你如果再这么不听话，以后我都不会带你出门玩了。”

小家伙被批评，噙着眼泪，委屈地道歉：“对不起……”

沈余觉得自己的心都要化了。她连忙上前提醒对方：“这位先生，你先看看孩子有没有哪里受伤，他刚才不小心被人撞倒了。”

应元青闻言，赶紧检查询问孩子是否有哪里受伤，然后又了解了下经过。原来独自跑开的康康想去看鱼，结果迷路了。在经过沈余所在的展台时，不小心被人流撞倒，差点撞到展台，所以沈余才抱着他来服务台找家长。

应元青在确认孩子毫发无损后，松了口气，随后正式向眼前的女孩道谢：“你好，我是康康的家长，刚才真的非常谢谢你的帮忙。

请问你中午有时间吗？我们想请你吃饭以示感谢。”

“咦？你是徐昊康小朋友的爸爸？”刚才就觉得对方面熟的沈余终于认出了眼前这个男人，就是开学典礼那天被自己撞到的那一位。对方看起来似乎没有大自己几岁呀？儿子居然都这么大了？吼吼吼，果然人不可貌相！不过长得倒是真挺帅的！

沈余摆摆手拒绝了对方的邀请，“你太客气了，吃饭就不用啦！举手之劳而已，不用太放在心上，最重要的是孩子没事。”

应元青倒是没有勉强，将自己的名片递了过去：“这是我的名片，如果你以后有什么需要的话，可以随时来找我。”

沈余接过名片，随意瞄一眼，没想到当场被对方的姓氏吓到。她伸手一把抓住准备离开的应元青，防备地盯着他问道：“你确定你没搞错？他姓徐，你姓应？孩子是随妈妈姓吗？”

康康奶声奶气地纠正她话中的错误：“姐姐，我妈妈不姓徐，我是跟爸爸姓的哦。”

沈余这下更蒙了，拽住对方的手的力道更紧了几分，内心开始盘算着如何把小朋友抢回来。

应元青见她一副如临大敌的样子，笑着解释道：“别紧张，我发誓我真的不是人贩子。其实康康是我姐的孩子，只不过他在外面老喜欢乱喊。如果你不相信，可以打市法院的电话去询问，确认我的身份。”

“虽然你看起来一脸正气，说得也很有道理，但是这年头坏人可不会在自己脸上写字……”尽管她已经基本被说服。

“如果你实在不放心的话，也可以打给你们学校，确认一下我的身份。”

“呃？校友？”沈余低头看了眼手中的名片，发现对方的职业居然是法官！应、元、青？这名字听起来似乎有点耳熟啊……

“北城大学法学院 ×× 届毕业生。”

“哇，居然是学长？！”沈余画风一转，双手抱拳，“失敬失敬！请原谅内心狭隘质疑你是人贩子的我，我们法院人光明磊落堂堂正正，怎么可能会做违法犯罪的事情嘛！”

应元青眼里的笑意深了几分，慢悠悠补充了一句：“不久前北城大学的新生开学典礼我也在场。”

沈余听他这语气，小心脏当场一紧，生怕他会蹦出一句“你摔倒的那一幕我刚好全程目睹”。

应元青倒是没有直接调侃，而是说了四个字：“精彩纷呈。”

“呵呵呵，那个学长啊，我还得回去工作，咱们就先不聊了哈。小康康，再见啦！”沈余想起自己在典礼上的乌龙事件就觉得心虚，既然康康的事情已经解决，那还是抓紧回去工作吧，不然一百块都要扣光了……于是她没再等对方回应，风一般迅速跑远了。

应元青直到她的身影消失，才收回目光，推着超市手推车去结账。一旁的康康不解地问自己的舅舅：“舅舅、舅舅，你不是说只要我出门的时候喊你爸爸，你就给我买小乌龟和小鱼吗？小乌龟我已经有了，但是家里的小鱼还少一个好朋友。”

“……”应元青默默扶额。

昨天他被家长安排了三场变相的相亲，不堪其扰的他只好抱着康康去赴约，并且和康康签订了“不平等条约”，最终因为康康的助攻，顺利让女方们不战而退。他奖励了一只小乌龟和一条小鱼给康康，但是……他怎么觉得自己掉坑里了？

一天的促销工作结束，夜幕已经降临。

沈余揣着自己辛苦赚到的一百块，在路边买了碗热乎乎的麻辣烫犒劳自己，然后踏着愉快的步伐返校。身体的疲倦，怎么能抵挡得住心灵上的愉悦呢？自食其力永远比仰人鼻息更容易获得幸福感。

回到寝室的时候，一位室友正在煲电话粥，一位正在电脑前上网。她和两人打过招呼，就收拾衣服去洗澡了。沈余刚洗完澡，突然听到外头传来谢甜甜的尖叫声，她匆忙穿上衣服冲了出来，然后就看见甜甜同学手里拿着一张名片，激动到手舞足蹈不能自已。

“我明天一定要去门口买张彩票哈哈哈哈哈哈！谁能想到，有朝一日，我竟然会在寝室地板上捡到男神的名片？难道连老天爷都在暗示我，爱情来了不要屄，勇敢上？”谢甜甜看着手里的名片，激动万分。而胡晶晶则嫌室友太吵，抱着手机继续去阳台煲电话粥了。

沈余凑过去看了眼，发现室友手里拿的居然是应元青的名片，不由伸手探了下室友的额头："小甜甜你这是走火入魔了吗？为什么大晚上对着一张名片哈哈哈……"

"哈哈哈，少女你快看，是应元青诶！上次来参加新生典礼那个优秀校友代表！咱们直系学长，我梦中情人，有印象不？"

沈余后知后觉地反应过来："哦，怪不得我今天在超市看到名片上的名字，老觉得耳熟，敢情是之前在寝室听你提起过啊……"

"天！"谢甜甜一掌拍在沈余肩膀上，"我就知道事情并不简单！原来这名片是从你身上掉下来的！你不是去超市兼职吗？怎么遇上了应学长？"

"今天在超市我帮一个走丢的小萌娃找到了家长，没想到小萌娃的家长就是你梦中情人。然后他说要请我吃饭，但是我拒绝了。最后他给了我一张名片，让我有需要就找他。"

"嗷，我怎么就没有跟你一起去呢！感觉错过了一个亿……不过，你居然没有认出他？"在谢甜甜看来，认不出应元青，简直就是一种罪过！

沈余耸耸肩："我又不是你们应家军。我最开始还以为小萌娃是他的孩子，差点闹了个乌龙。"

"……应学长今年才二十六，怎么可能会有个四五岁的娃……更何况，我觉得应学长可能这辈子都不会再结婚了吧。深情的男人啊，真是让人又爱又无奈啊。"

"咦？我好像发现了什么秘密……"沈余突然来了兴趣。

“也不算是秘密吧，只要在学校里稍微一打听，就能打听得出来。”谢甜甜的口吻忽然变得正经严肃起来，“其实应学长以前在校期间和传播学院的柳柳学姐是一对官配，大学一毕业两人就订婚了，感情非常好，羡煞旁人。可惜红颜薄命，柳柳学姐在去国外当战地记者期间遭遇意外身亡……本来等柳柳学姐回国，他们就准备迈入婚姻殿堂的……”

寝室的气氛好像因为这个话题，变得沉重起来。

以悲剧结尾的爱情故事总是容易让人唏嘘感伤，白日里那个男人的形象似乎一点点在沈余脑中清晰起来。不过，于此时的她而言，应元青依旧是一个很遥远的存在。她还是好好研究一下如何搞定言峥吧！

俗话说，美好的一周，往往从愉快的周一开始。但是沈余的周一，过得有点跌宕起伏。而这一切，要从她当天下午兴冲冲抱着自己的法理学课本去言峥他们班蹭课说起。

言峥他们上的是专业课，叫有机化学。班上几十个人，唯独沈余是来旁听的。

沈余的目的再简单不过了，那就是争取一切和言峥相处的机会，解决横亘在彼此之间的不知名问题，融化言峥这座冰山，让彼此坦诚以待，早日手牵手奔向幸福的明天。所以，沈余来到教室后，厚着脸皮拜托寇北和自己换了个座位，坐在了言峥的左手边。

言峥见沈余在自己身旁坐下，不由皱了皱眉，“你怎么来了？”

如果他没记错的话，下午沈余她们专业有两节课。

沈余听到言峥主动开口，脸上乐开了花："听说你们的专业课挺有趣的，所以我就慕名而来了。"

翘课就翘课，又在鬼扯。言峥目光落在她手中的法理学课本上，默默闭上了嘴。

某人难得主动一回，沈余要是轻易放过机会，那也太傻了。她开始没话找话："阿峥，你们专业课难吗？"

言峥正在翻看课本，头也不抬道："看智商。"

沈余听到他欠扁的回答，撇了撇嘴，凑过头去瞄了几眼他手中的课本，她立马就服气了。这些公式分开都认识，但是合起来就变成了似曾相识。听说数理化生这几大变态学院遍地都是大牛，随手一抓都是通过保送入学的各大竞赛得主。

哎，人与人之间的差距咋这么大呢？

上课铃声准时响起，授课的老教授抱着教案走了进来。

阳光慵懒的午后，轻风拂过，桂花的清香扑鼻而来。老教授在台上讲解知识点，沈余在底下听得似懂非懂，于是只好努力将注意力集中到自己的法理学课本上。

然而，随着时间的流逝，在枯燥繁杂的法理学和复杂难懂的化学公式的双重催眠下，沈余开始昏昏欲睡。

不幸的是，老教授有一个特点，非常不喜欢学生在自己的课堂上睡觉。谁要是在课堂上睡觉，他就必定会点名让对方起来回答问题。回答对了，一切好说。回答错了，可能接下来连续几节课都会被点名……这就是为什么在他的课堂上，醉翁之意不在酒的旁听生少之又少的缘故。

沈余当然不知道这一点。她太高估法理学和有机化学的杀伤力，在撑了近四十五分钟后，终于光荣倒了下去。重点是，她还是全场唯一一个阵亡的。

于是，讲台上的老教授，喝了口茶，清了清嗓子，笑眯眯道："那么讲了这么多，我们请一位同学来总结一下有机化合物的命名原则，并给图中所列的化合物命名。第三排左数第三个位置穿白衣服的女同学，请你来回答一下。"

全场的目光都投向了沈余的位置，已经熟睡的沈余却犹不自知。令人出乎意料的是，一旁的言峥忽地站了起来："韩老师，这种锻炼的机会请优先考虑本专业的学生。如果您不介意的话，我想回答一下您的问题。"

老教授自然认识言峥，目光在言峥和趴在桌上睡觉的沈余身上巡睃了几秒，然后伸手做了个"请回答"的手势。其实他出的题目对在座的学生来说，简直易如反掌，主要还是为了考察，不过成人之美也是中华民族的美德嘛。

"谢谢老师。关于有机化合物的命名有四个基本原则：第一，官能团次序原则；第二，最长碳链原则；第三，最低系列原则；第四，取代基次序原则……"

言峥回答完所有问题，还顺带进行了一系列知识拓展。

老教授站在讲台上满意地点头："知识点掌握得很全面。不过言峥啊，平常有空的话，多和女朋友普及一下咱们化学的奥妙，说不定下次她就不会无聊到睡着了。外人老以为咱们化学是一门很枯燥的学科，殊不知咱们浪漫起来，压根没他们什么事。就拿写情书这件事来说吧，咱们随便一个方程式情书都能秒杀一大片。例如干燥剂的方程式情书就是，我存在的意义，只为抹去你的泪水。你们看，不读化学都不懂干燥剂的情深。所以别认为念化学就是上贼船，只要学得好，你们上的其实是一艘豪华游艇。"

老教授风趣幽默的调侃引得台下笑声和掌声一片。

沈余在这声浪里惊醒，脸色茫然地环顾四周，总觉得刚才那短暂的一觉似乎错过了什么重大事件。她正准备偷偷问言峥究竟发生了何事，坐在她后排的女生突然来了个河东狮吼："韩老师，其实你搞错啦，咱们班言峥还单身呢！坐我前排这个女同学，其实是言峥的疯狂爱慕者！"

因为女生这一吼，沈余再次成为全场聚焦的中心。老教授一脸亲切和蔼地看向沈余："第三排左数第三个位置穿白衣服的女同学，请你站起来一下。"

沈余后知后觉，下意识去看四周。言峥看不过去她的蠢样，提醒道："别看了，老师叫的就是你。"

"怎么可……"沈余不信邪地默数了一遍，目光落在自己的白衣服上，最后一个“能”字卡在了喉咙里。她硬着头皮站了起来，同时还不忘朝言峥投以求助的眼神。

言峥大概是看出了她的慌乱，难得好心地在课本写了两个字：“别慌。”

真奇怪，沈余所有的不安都在这一瞬间被抚平了。她镇定地看向讲台上的教授，心里却因为言峥的举动而涌起说不出的甜蜜。看吧，她就知道，言峥这家伙虽然表面上看起来一点都不在乎她，其实心里还是很在意自己的嘛。

老教授将两人的互动看在眼里，笑呵呵道：“别紧张，我只是想了解一下你是哪个专业的学生，毕竟敢来旁听我上课的学生，胆子都挺肥的。”

沈余听到老教授的自我调侃，微微笑起来：“老师您好，我是法学专业一年级的学生，我叫沈余。”

“哦，怪不得，原来是法学院的同学。很感谢你今天到场来听课，我知道来旁听无非两种原因，一种是喜欢化学，一种就是喜欢我这个糟老头。所以呢，我有个问题想问一下，”老教授话锋一转，“沈余同学啊，你刚刚上课为什么打瞌睡？对我的教学方式是不是有什么好的建议？”

“呃……”沈余当场卡壳，在电光石火之间，她想起了马太福音里的一句话，“老师，我的心灵固然愿意，肉体却软弱了。”

沈余回答完，默默在心里为自己的机智点了个赞，不过下一秒她就笑不出来了。

“很好，马太福音很熟嘛，那就站着听课吧。”老教授笑眯眯地将了她一军，“总要警醒，免得入了迷惑。”

巧妙的一问一答，再次引爆全场的掌声。

无言以对的沈余侧过头去看言峥，平时冷若冰山的他此刻眼角挂着笑意。她心想丢人就丢人吧，博美人一笑也算是值了。

沈余并没有真的站很久，老教授大概今天心情不错，让沈余站了一两分钟就宣布课间休息了。甚至放学的时候，老教授还一脸和蔼地欢迎沈余下次再来旁听自己的课程。

一战成名的沈余，听到老教授的话，脸上露出了礼貌又不失尴尬的笑容。

课后，沈余继续厚着脸皮跟着言峥一行人，其间遇到几个一起上课的男生来要联系方式，都被沈余一一婉拒。

“老师，我的心灵固然愿意，肉体却软弱了。”寇北惟妙惟肖地模仿了一遍沈余在课堂上说话的语气神态，然后乐不可支道，“沈余同学，你也太可爱了吧哈哈哈。”

瞿思远也是一脸笑意地追问：“沈余，你是怎么想到用马太福音里的句子来回答的？我们还以为你会被列入韩老师的黑名单，没想到你居然逃出生天了！”

“别提了，我觉得我已经够机智了，万万没想到你们的老师竟如此优秀……”

“哈哈哈，下节课还来吗？我们帮你占座位啊。”

“成。不过要看看我们专业的课表，冲突的话可能不去了……”

“你 QQ 多少？到时候 QQ 上面聊呗。”

“好啊……”沈余和言峥的室友们聊得很愉快，一抬头发现言峥不知何时已经和他们几个拉开了很长一段距离。她赶紧抛弃言峥的室友们，朝言峥跑去。

此前心情似乎不错的言峥，此刻又变成了冰美人。

“你走那么快干吗？”沈余不解。她还想和他加个 QQ 好友呢。当年他帮她申请的那个 QQ 号，她一直没记住密码，所以搬家后再也没有登录过。她现在用的 QQ，是高中转学后重新申请的。

“腿长。”言峥没好气地回了一句，他想起这两年自己发了无数 QQ 消息给没良心的某人却都石沉大海，心里就来气，于是再次加快步伐，留给她一个背影。

“……”

彼时，负责为天文社招新的邵明浩正巧迎面走了过来。言峥和邵明浩简单打了个招呼，然后就头也不回地走了。沈余站在原地，气得牙根痒痒。

邵明浩看着沈余一脸阴晴不定的样子，迟疑着问道：“学妹啊，你什么时候有空？记得去我那里领入社申请表啊。”

“择日不如撞日吧。”

“好，正好这周有个社团活动，到时候一起来参加吧。”

“言峥也会去吗？”

“我跟他确认过，他会来。”

“没问题！”沈余总算恢复了点斗志。

“话说，学妹啊，你跟学弟是什么情况？我昨天让学弟把申请表捎带给你，但是他说你俩不熟。”

“……”沈余再次受到会心一击！她觉得很可能自己还没搞定言峥，就被言峥气死了！

3

事实证明，沈余的担忧并非毫无根据。

因为就在社团活动的前一天，社团的QQ群炸锅了。

最开始，是群管理员发布了一则公告。内容很简单，就是重申了一下社团活动的时间、地点，然后更新了本次参加社团活动的成员名单。然而，就是这份少了言峥的名单，引发了一系列退群乃至退社风波。

默默围观了这场大型退群现场不到三分钟，沈余接到了邵明浩的电话。

“那个……学妹啊，最近刚开学，在学校里还适应吗？课业什么的都跟得上吗？”

“哦，还行。谢谢学长关心。”

“呵呵，不客气……就是有件事情想跟你说一下……”电话里，邵明浩支支吾吾半天，最终选择编织一个善意的谎言，“唔，事情是这样的，由于咱们天文社这个学期报名的人数剧增，然后今天社团管理层开了个会议，决定控制一下社员的人数。所以……抱歉啊学妹，这周提交的所有入团申请都被驳回了。呃，你要不考虑一下咱们学校的其他社团？”

耐心听完邵明浩情真意切的一番话，此刻内心异常复杂的沈余握着手机，久久没有应答。电话那端的邵明浩等不到回应，不由纳闷：“学妹？学妹？沈余学妹？你有在听吗？”

“……邵学长，”沈余握着手机深吸了一口气，“你是不是忘了一件很重要的事？”

“啊？”邵明浩一时摸不着头脑。

“刚刚，我也在社团的QQ群里。”意思是刚才群里发生的事情我都看见啦，你就不用再睁眼说瞎话了。

邵明浩感到一阵窒息，缓了好一会儿，他决定重新面对生活：“学妹啊，既然你都知道了，我也不瞒你，刚才我说的那些理由都是骗鬼的。但是，请你退社是真的……”

“为什么呀？”沈余觉得自己今天的智商有点不够用啊。在经历了大型退群退社现场后，天文社居然还要劝退她？这一切的背后，到底隐藏着怎样不为人知的秘密？

邵明浩没有直接回答，而是话锋一转，关心起了沈余的私事："学妹啊，你和学弟最近是不是在闹矛盾？"

"怎么说？"沈余心里忽然有了不好的预感。

"他在确定你要加入咱们社团后，就决定退出了……"邵明浩想来想去，还是觉得应该告诉沈余真相，虽然真相有点伤人。

"……什么！"愤怒的沈余拍案而起，"学长，你的意志一定要坚定啊！这种时候，咱们更应该团结起来才对，绝不能向恶势力低头啊！更何况你要是真把我劝退了，咱们天文社的尊严何在？！你等着，我现在就去找言峥问个明白！"

沈余行动如风，挂断电话就去实验楼找言峥了。

彼时，言峥刚做完实验出来，身上有点脏，见沈余迎面冲过来，下意识避开。

谁知原本怒气冲冲的沈余，因为他这个举动，瞬间红了眼眶。她在离他几步之遥的地方站定，没有再靠近。

"你就那么讨厌我吗？"讨厌到不想和她同框，讨厌到避她如蛇蝎，讨厌到一秒都不想看见她。

这是两人重逢后，言峥第一次看到沈余这副模样。他选择遵从本心，主动走向她："你怎么了？"

他的眼角眉梢都透着关心，可沈余却觉得很伤心。

"言峥，你是不是从来都没有喜欢过我？之前的喜欢都是我自己臆想出来的吧？关于你喜欢我这件事，似乎一直都是我单方面认定的，你从来都没有亲口承认过。想想也是，如果你真的喜欢我，怎么会舍得不理我……”她想笑一笑，告诉自己没什么大不了的，可是眼泪却不争气地滑落。她用手背胡乱抹了抹眼泪，继续道，“对不起啊，因为想和你在一起，所以跟风加入天文社，给你造成了困扰。我会跟邵学长说清楚的，所以你不用退社了。”

沈余一股脑说完，不再等他的回应，转身就跑了。

言峥则因为她突如其来的一通“质问”，愣在原地。等他回过神，伸手想要拉住她时，只有风从掌心吹过。

言峥看着沈余消失的背影，抿了抿唇，然后找出手机，想给她打电话。旁侧目睹刚刚这一幕的几位室友突然凑了过来：“阿峥，你们俩这什么情况啊？沈余妹子看起来很伤心……”

“我怎么知道？”言峥因为室友的提醒，越发心烦意乱。他想不通沈余这家伙到底是怎么得出自己不喜欢她这个结论的？但更让他在意的，是她的眼泪。

然而言峥最终还是没有打出那个电话。

因为他想起沈余刚刚提到天文社一事，大概明白了她来找自己的原因。他烦躁地收起手机，可她伤心难过的样子却一直在脑海里挥之不去。

回寝室的路上，言峥一言不发走在最前面，周身气压低得可怕。为免被冻伤，寇北等人自觉和他保持了一段不远不近的距离。

寇北等人一边走，一边还不忘悄声讨论言峥和沈余之间发生了什么事情。但是，直到抵达寝室，三人也没能讨论出个所以然。倒是言峥，刚踏进寝室，就接到了邵明浩的电话。

“学弟啊，沈余学妹已经退出社团了。那什么，你是不是重新考虑一下退社团的事情？”邵明浩说这话的时候，觉得良心有点痛。不过学弟和学妹的事情，他一个外人还是不掺和了，努力把社团壮大才是正经事啊！

“不用了，既然沈余退出了，那我也没有留下来的必要。”言峥接到这个电话，感觉自己原本就不好的心情，似乎更加不好了。

“啊？”这又是什么情况？邵明浩觉得自己脑子有点不够用，“所以……学弟你是在闹别扭吗？”

“……”你才闹别扭！言峥没好气地挂断了通话！

站在社团教室门口的邵明浩握着被挂断的手机，叹气再叹气。

哎，现在的学弟学妹也太难搞了！这一会儿西一会儿东的，他都要晕头转向了。晚上必须让社长请顿烤肉，弥补一下这段时间他为社团招新而掉的脂肪以及快要秃掉的脑门。不过他倒觉得，现在这个有温度的学弟比之前疏离高冷的样子，感觉要亲切多啦！所以，他决定跟学弟分享一下自己作为过来人的经验，免得学弟走上打光棍的不归路！

邵明浩不再犹豫，重新回拨了个电话过去。电话被接通后，他清了清嗓子，语重心长道：“学弟啊，有什么事情，和沈余学妹坐下来好好沟通，不要自己生闷气，不然只会把喜欢的人越推越远。

有句话怎么说来着，这世上有些东西埋得越久越好，但人与人之间不自在的感情，埋得太久，并不会有一点好处。当然，如果你想放弃，那就当我没说。”

言峥听完他的劝慰，想辩解些什么，但最终选择了沉默。看吧，连个外人都看出我喜欢你，你却得出了完全相反的结论……你不知道吧？你在我面前的时候，我的全身都佯装着沉默的大多数，只有那颗心做了喧嚣的少数派。

所以，放弃吗？怎么可能。

半个小时之后，言峥打了个电话给某个在校 BBS 水区当版主的学姐。

“程学姐你好，我是化院一年级的言峥。”

“哦，学弟啊。有什么事吗？”

“是这样的，我想问下，上次请你帮忙屏蔽的校 BBS 水区里的那篇帖子，现在还能恢复吗？”

“可以啊，不过你说的是那篇关于法学院的学妹倒追你的八卦帖吗？”

“嗯。谢谢程学姐，改天请你吃饭。”

“哈哈，举手之劳啦，别客气。”

两人结束通话后没多久，一个飘红的八卦帖重新出现在北城大学的 BBS 里，并且持续霸占热门榜第一的位置。

与此同时，不知情的沈余同学正躲在寝室里捶胸顿足抱头痛哭。

呜呜呜，她是疯了吗？为什么会对言峥说出那样的话？她今天肯定是被附身了！为什么说话不过脑？！言峥究竟喜不喜欢她，别人不清楚，她自己还不清楚吗？言峥当年可是为了她，当面威胁过校长的啊！她肯定是疯了，竟然会觉得言峥不喜欢自己。

怎么办，言峥现在肯定误会她了！如果他一时悲伤过度，导致思想上误入歧途，然后下决心再也不搭理她，她连哭都没处哭啊。

嘤嘤嘤，她现在假装失忆还来得及吗？

时钟的针脚滴滴答答。

“你在干吗呢？”胡晶晶下课归来，看到寝室里生无可恋的沈余，纳闷了。

沈余趴在书桌上，继续作死鱼状：“晶晶，你知道哪里有后悔药卖吗？”

“你想干吗？”

沈余抬起一张毫无求生欲的脸：“我想捂住几个小时以前自己那张口无遮拦的嘴！”

“噗——”胡晶晶直接笑喷了。

谢甜甜几乎与胡晶晶前后脚进门，不过下午没课的她是去小吃街瞎逛了。此刻，她拿着串串香，拉了张椅子往沈余身旁一座，乐呵呵道：“少女，你又干了什么惊天大事件啦？快说出来大家一起开心开心。”

“不是说好了做彼此的小甜甜吗？为什么要互相伤害？”沈

余悲愤地将脸转向另外一边！

“振作点！天塌下来还有晶晶这个高个儿顶着呢！来一起吃串串香呀！你要吃哪个？”

“鱼丸。”敌人的糖衣炮弹太可怕了，沈余在美食面前只能缴械投降。

“好的。晶晶，你呢？”

胡晶晶做了个拒绝的表情：“这个热量太高，你多吃点。天塌下来我要是靠不住了，你还能帮小鱼儿撑着。”

谢甜甜意味深长地回了一句：“人生苦短，且活且珍惜啊姐妹。”

沈余看着自己的两位活宝室友，忍不住哈哈大笑起来。作为一个从小到大没什么朋友的人，大学刚报到的时候，她十分担心和室友的相处问题。不过开学至今不足一个月，她就发现这些其实完全不是问题。因为当你释放出善意，你总会收获善意。

寇北作为一个每天都要上校 BBS 打卡的坛友，当晚临睡前，他习惯性上 BBS 溜达。但是一上论坛，他就被首页这个关于沈余倒追言峥的热门八卦帖惊到了！他记得这个帖子之前被删了啊，怎么又莫名其妙冒出来了？呃，这个帖子里许多说沈余坏话的 ID，居然都被禁言了。

他来不及多想，一目十行地看完原帖以及底下的评论后，立马在寝室里大喊了起来：“哇，阿峥，你家沈余妹子红了！”

不等言峥的回应，心急的寇北已经抱着笔记本电脑奔到言峥身边："你看，有人在BBS水区八卦沈余，说她在倒追你，还列举了很多证据。不过这个八卦帖一看就知道是你的粉丝发的，因为嫉妒使人变形啊！你看这抓拍的照片，没有拍出沈余妹子万分之一的美貌！还有回帖里有人说沈余妹子对你死缠烂打？你们明明就是两情相悦嘛！有个回帖更夸张，我差点没被笑死，居然说沈余妹子对你性骚扰哈哈哈哈哈哈……"

寇北差点笑到生活不能自理。言峥等他笑停，脸色平静地看着他："笑完了吗？"

"笑……完……了……"

"哦，那就请挪动尊躯，你压到我隐形的翅膀了。"

"……"寇北被言峥的冷笑话吓出了一身冷汗，默默抱着笔记本电脑爬回了自己的床铺。看来今天的阿峥还没恢复正常，他还是有多远离多远吧……

瞿思远和徐莫两人见到寇北的尿样，没义气地放声大笑起来。瞿思远边笑边道："寇二，把链接发过来，我也要去围观。"

寇北索性直接把论坛链接发到了寝室的QQ群里，并敲字呼吁："兄弟们，我先去回帖了，你们跟上别掉队啊！为了咱们家阿峥的幸福，冲呀！"

"好，我先去注册个账号！"

"我正在看帖……不过我也觉得主楼里抓拍的那几张沈余的照片，实在不如本人的万分之一啊。还是底下一群夸沈余妹子可爱的网友们比较有眼光。”瞿思远说完，有些拿不定主意要不要把这个帖子发给胡晶晶那边，不过看了眼时间，还是明天再说吧。

正在窥屏的言峥没吭声。他才不会告诉他们，夸某人好看的回帖之人里也包括了他。

为了兄弟的幸福战斗力爆表的寇北同学此时又发了张截图到QQ群里："对了，你们记得都去顶一下这俩回帖，都是一个叫知名不具的网友回复的。我觉得简直是回帖里的一股清流，说得太对了！"

言峥点开寇北发的那两张截图，继续沉默。

那两条回帖发表于今天下午，内容分别是这样的——

"如果一个男生不喜欢你，你压根连靠近他的机会都不会有。所以，言峥当然也是喜欢沈余的。"

"治安管理处罚法第四十二条规定：公然侮辱他人，处五日以下拘留或者五百元以下罚款；情节较重的，处五日以上十日以下拘留，可以并处五百元以下罚款。"

很不巧，这两条回帖正好都是他发的。

第三章

别扭

■□■ 1

胡晶晶收到瞿思远发给自己的论坛八卦帖链接时，正在上课。她顺手点开链接，在看完那个名叫《818 法院那个正在对化院男神死缠烂打的大一女生》的帖子，好心情瞬间消失！

她直接将链接转发给了室友谢甜甜。

一闪一闪亮晶晶：“小甜甜，你看看这篇帖子，看完咱们再聊，先别告诉小鱼儿。”

谢甜甜那边很快回了消息。

江湖人称小甜甜：“好。”

十几秒后，主楼内容还没完全看完的谢甜甜气炸了！

她瞅了两眼身旁正在认真记笔记的可爱小室友，想不通怎么会有人不喜欢沈余这样既可爱又貌美的女孩子呢？就算要追也该是言峥追沈余才对啊！

江湖人称小甜甜：“我去！这年头咱们北城大学学生的素质都这么低下了吗？这些可恶的家伙，以为在网络匿名就可以随意对别人进行人身攻击了吗？？当治安管理处罚法是摆设吗？还说小鱼儿在追言峥？这些人眼睛是不是有毛病哦！”

一闪一闪亮晶晶：“我看完也很火大，现在正在一条一条回怼！

就算真的是女追男又怎样？吃他们家大米了吗？一个个咸吃萝卜淡操心！看来学习好真的不代表人品也好……”

江湖人称小甜甜：“嫉妒使人黑心肝！我去好好会一会这些黑粉们。中午食堂见面再聊！”

一闪一闪亮晶晶：“OK。”

胡晶晶和谢甜甜两人战斗力爆表，言辞犀利，把帖子从头到尾说沈余坏话的统统怼了一遍，然后又默契十足地把夸沈余的回帖都顶了一遍。最后两人在 QQ 里深入探讨了一番，得出结论沈余不可能在追言峥。因为如果沈余真的在追言峥，她们俩咋没发现呢？

中午，三人在食堂会合。胡晶晶和谢甜甜相互给了对方一个只可意会的眼神。

三人排队打饭的时候，谢甜甜忍不住感慨道：“其实说实话，这年头男追女还是女追男压根不是重点，如果让我来选，这两个人无论哪个，我都愿意主动追求。追不到就算了，追到就赚了，反正明追总比暗恋好吧？”

胡晶晶一开口就是金句：“真正的爱情不是谁先开口谁就输了。那不是爱情，那是谈判。”

沈余听得一脸茫然：“你们俩在打什么哑谜？”

胡晶晶亲昵地摸了摸她的头：“乖，小孩子别问那么多，天塌下来有姐姐们顶着！你先去旁边占座吧，打饭这种事交给我们俩了。”

沈余一脸蒙。她怎么觉得，两位室友姐姐把她当珍稀动物保护啊？明明她们俩只比她大几个月嘛。不过对曾经独来独往的她而言，这种被人罩着的感觉还是不赖的。

沈余在食堂溜达，想找找看还有没有空余的位置。有两个学长见到她，直接端起吃了三分之一的餐盘主动给沈余让了座。沈余拒绝之后，他们再三表示自己吃完了，并在沈余的目送下将餐盘放进了回收窗口，并结伴离开了食堂三楼。

沈余信以为真，于是在此位置坐了下来。只是，她刚坐下，一个穿着黑色短袖的男生就走了过来。

“同、同学你好，请、请问能不能借一下你的饭卡……”男生低垂着头，似乎很紧张。

“啊？请问你说什么？我刚刚没听清楚。”沈余有些不好意思地看向对方，可惜没办法看清对方的长相。

“请问能不能借你的饭卡打饭？我忘记带饭卡了……我我用现金还你……”男生似乎鼓了很大的勇气，但是脑袋依旧低垂着，垂在身体两边的手紧张地微微发抖。

“哦，可以啊。”沈余看出对方的窘迫，没多想，直接将饭卡递过去。

“谢谢。”男生松了口气，飞快接过饭卡，转身就朝打饭窗口跑去。

等到沈余她们已经开吃后，该男生打好饭再次走了过来。

他将饭卡还给沈余，不过一开口就泄露了内心的紧张：“同、同学，真的非常谢谢你……不过，对对对不起……我刚发现我把钱包落在寝室了……我是物院大二的刘峰，请问你手机号码是多少？我等下吃完饭就回寝室拿钱还你……”

“没关系。”沈余虽表示理解，但她的钱也不是大风刮来的，所以她就将自己的手机号码报给了对方。

等男生离开后，谢甜甜忍不住皱眉：“学理科的真是很多奇奇怪怪的人，就刚刚跟你借饭卡那一位，头发把脸都遮住了，我愣是没瞧出来他长什么样。而且，那个男生居然没有主动看你们一眼！服气服气！”

“这有什么？大学里这种不善交际的宅男多了去了，每天就知道泡图书馆和实验室，让他跟女生主动说句话，跟要他命似的。”胡晶晶表示见怪不怪。

沈余赞同地点点头：“嗯，像寇北那样的话痨，毕竟是少数。”

胡晶晶和谢甜甜两人听到她提起寇北，默默对视了一眼，在一番眼神交流之后，胡晶晶开口了。

“你对寇北他们寝室什么印象？”

“挺好的啊。”

“那你最喜欢他们哪一个？”

“言峥呀。”

“……”

看着把天聊死的沈余，另外两人无奈地闭上了嘴。

吃完饭，沈余和室友们一起离开，经过餐厅二楼的时候，她意外看见了刚才给自己让座那两位学长。而他们面前，各自摆着装满饭菜的餐盘。敢情他们是特意给她让的座位？

沈余将这件事跟两位室友说了一遍，费解道："这年头是不是都看脸？"

当初刚入学的时候，她就遇到过一群学长争抢着要帮她提行李，不过她都拒绝了。因为她自己拎得动啊，为什么还要麻烦别人呢？

胡晶晶想了想，很认真地点点头："我们老师上课的时候说过一句话，我觉得非常有道理。颜值，是新型的人力资本。"

"长得好看确实会被这个世界优待。不说其他的，就说我吧，我妈从来没担心过我早恋。有时候感觉世界真的太安静了……"

谢甜甜自黑的声音还没落地，沈余和胡晶晶两人已经扑哧一声笑了起来。一位长发及肩、踩着高跟鞋，正在和人通电话的高年级女生从旁经过，看到笑容灿烂的沈余时，停下了脚步。

"你是法学专业的沈余？"

"有事？"沈余循声望去，发现自己并不认识眼前之人。

女生得到自己想要的答案后，没再搭理沈余，反倒边走边对着手机那头的人说："哦，长得也就这样，马马虎虎吧。BBS 上把她夸得跟天仙似的，我还以为是我审美出了问题呢。"

女生的音量没有压低，语气里有着毫不掩饰的讽意。沈余差点没忍住冲上去问一声，大姐，有病吧？

因这一不愉快的插曲，沈余整个人看起来情绪不太高。

胡晶晶和谢甜甜两人以为沈余是在为刚才那名女生嘲讽的话语感到闷闷不乐，正纠结着要不要告诉她真相，下一秒就听见她问——

“你们觉得，我长得像天仙吗？”

空气有那么一瞬间凝固。好几秒后，被沈余的脑回路打败的谢甜甜突然伸手勾住沈余的下巴，流里流气道：“不，小姐姐赛天仙。”

三个女生你看看我我看看你，下一秒一齐哈哈大笑了起来。肆意张扬的笑声在校园里飘荡开，炎热的天气似乎都变得清凉起来。

仨人回到寝室后，胡晶晶和谢甜甜两人最终还是决定把论坛那个八卦帖的事情告诉沈余，毕竟沈余是当事人之一，有权知道这件事。而且，谁知道下一次还会不会有陌生人突然冒出来，对毫不知情的沈余品头论足一番呢？

沈余在听胡晶晶讲述完论坛八卦帖事件后，皱着秀眉，抿着唇，似乎想说什么却又不知道该如何开口，显得很是苦恼的样子。

谢甜甜直接将沈余的反应理解为，面对躺枪的造谣不知所措。于是，她揽住沈余的肩膀，同仇敌忾道：“这些家伙实在太可恶了！

虽然言峥长得帅又优秀，但咱们寝室一枝花哪里差了？要颜值有颜值，要实力有实力，追求者从寝室排到了校门口好吗？还有你跟言峥八竿子打不到一块，除了那天两个寝室一起在食堂拼桌之外，就再也没什么交集了，这些人居然说你在苦苦追求言峥，疯了吗？”

胡晶晶也在沈余另一旁坐下，耐心开导：“对，别在意，别生气，别让那些嫉妒你的人影响了你的心情……”

沈余左看看，右看看，最终把心一横，说道：“不是谣言！”

“啊？”

“我确实在追言峥。”沈余挠了挠头，嘿嘿一笑，“那个……你们有没有什么好的计策贡献几条？言峥现在对我退避三舍，搞得我都要以为自己是一颗毒瘤了……”

“沈余同志你能不能有点出息？四年大学生活刚开始，你连人都认不熟，怎么就要在一棵树上吊死了呢？”谢甜甜恨铁不成钢。

胡晶晶倒是之前就觉得沈余和言峥之间有点不对劲，所以相对谢甜甜来说，她的情绪稍微稳定一点。

“那有什么？这棵树我两年前就想爬上去了！”如果不是突如其来的搬家，她与他何至于这般光景啊！

“……”室友们目瞪口呆。

沈余看着两位室友脸上流露出“你说啥我们没戴眼镜听不见”的表情，只好实诚地将自己和言峥之间的孽缘讲述了一遍。从青梅竹马相看两厌讲到发现彼此喜欢却又无奈分离，再讲到久别重逢却陌路。

“哎呀！言情小说都不敢这么写好吗？所以言峥这家伙到底几个意思？另有所属？”谢甜甜听完拍腿而起，不过她拍的是沈余的大腿。

沈余揉了揉大腿，语气有些沮丧，“没有，我敢肯定他依然喜欢我，但是我想不通他为什么对我视而不见。”

“我想起那个八卦帖底下的一条回复，如果一个男生不喜欢你，你压根连靠近他的机会都不会有。所以，言峥当然也是喜欢沈余的。”胡晶晶说着，拿出了手机，“这周末大家都有空吧？”

“我周六有个家教的兼职，是一个学长介绍的。不过周日有空。”

“哈哈哈，晶晶这个行家要出手了！我是一块砖，哪里需要往哪搬！随时有空！”

“OK，我打个电话。”

胡晶晶找出手机通讯录里瞿思远的电话号码，拨了过去。电话几乎是一响就被接通，胡晶晶满意地勾了勾嘴角。

“喂，瞿思远，这周日有没有空？”

“有没有空要看对象是谁。如果是你的话，随时有空。”瞿思远开玩笑道。

一旁的寇北闻言，狐疑地看向瞿思远：“瞿大，你笑得好骚，是不是又在骗小姑娘了？”

瞿思远无情地将他凑近的脑袋推开，无声笑骂了句“滚”。寇北顿时露出一副了然的小表情，配合地抬手做了个“告辞”的手势。

而电话那端听到寇北声音的胡晶晶主动询问：“刚才说话的是寇北吧？你帮我也问下他周末有没有时间，还有你们寝室其他两位。”

“所以这是集体约会喽？”

“也可以这么说吧。我们寝室打算这周末去爬山，想问下你们有没有空？要不要一起？”

“还以为是单独约会，心头的落差太大，我需要缓一缓！给我几秒钟……”瞿思远故作受伤的语气，惹得胡晶晶咯咯直笑。

“别贫了，快帮我问一问，如果大家都有时间，那我这边就把行程定下来。”

“好，我问问。”瞿思远转头看向寝室里另外两位室友，将胡晶晶的话转达了一遍。

寇北得知电话是胡晶晶打来的，连忙朝室友挤眉弄眼：“我道是谁，原来你和胡大美女打电话呢？不过你干吗一副欲求不满的样子？”

“会不会说话？你丫这么多年语文课白上了吗？”瞿思远被寇北的遣词造句能力所折服，“快点说正题，你们周末有没有时间？”

寇北耸耸肩：“我反正闲着也是闲着，当你们的电灯泡也不是不可以。但是阿峥那边就别想了，肯定不去！我早上冒着被这座冰山冻死的风险刚问过他，他说周六周日准备泡在实验室里面，打扰者，死！至于徐三，老是神神秘秘地抱着手机，也不知道在干什么……”

徐莫从手机屏幕中抬起头，没搭理寇北的吐槽，直接开口拒绝了瞿思远：“请把我排除，我周末要出门。”

瞿思远倒是很想去，但是兄弟们不配合啊！所以，他只好忍痛拒绝了胡晶晶。

女生寝室里，胡晶晶安慰略显失落的沈余：“别着急，大学四年才刚开始，接下来机会多得是。我听说学校一年一度的舞会貌似快开始了？到时候姐姐帮你好好折腾折腾，让你在言峥面前刷一波存在感！”

沈余要是轻易放弃就不是沈余了。她很快调整好自己的状态，一脸郑重地握住胡晶晶的手：“姐，拜托了！请一定让言峥拜倒在我的石榴裙下！”

谢甜甜搞怪地伸手包裹住沈余和胡晶晶的手，“妹子你放心，我会帮忙在地上撒几根银针，让他长跪不起的！”

沈余笑起来：“不用这么狠啦，我会心疼的。”

谢甜甜和胡晶晶看着笑靥如花的某人，无奈地摇了摇头。陷入爱情的人啊，即使难过，也是甜蜜的。

而彼时，言峥因为一些事情耽搁，最后一个抵达寝室。

进门后，他状似随意地问了句：“刚刚有人来找我吗？”

室友们摇摇头，倒是都没察觉异常。言峥掩下自己心头隐隐的失落，重新翻看了下手机，一个未接来电也没有。

“不过，胡晶晶打电话约我们寝室周末一起去爬山，但寇北说你周末两天都要泡实验室，所以我就拒绝了。”瞿思远顺口提了下胡晶晶发出的周末爬山邀请。

言峥“哦”了一声，瞥了眼满脸求表扬的寇北，再没有多余的反应。

直到当晚，四个人窝在寝室里玩化学智力扑克牌。

扑克牌的玩法是，出牌时尽量凑齐一个完整的化学方程式，一局中谁先将手中的牌出完，谁就是赢家。大家提议输的人脑门上贴纸条，寇北可能中了邪，非得提议输的人惩罚弹脑门。

正式开始没几分钟，寇北就捂着微微红肿的额头嗷嗷大叫：“阿峥，我们真的要情断今夜吗？”

身为常胜将军的言峥斜睨了他一眼，反问：“我们之间有感情吗？”

被嫌弃的寇北当场泪奔：“呜……我想念蔓冬小姐姐了。之前有一次竞赛，大家私下玩这个，她弹我的时候可温柔了，一点都不像阿峥这样没人性！”

言峥无动于衷：“人性是什么？能吃吗？”

“……”寇北默默捂住心口。

“要我说，蔓冬也太惨了，开学前一个月把脚给摔了。不知道她的脚现在好全了没有？什么时候来学校报到？”

瞿思远话音未落，一旁的徐莫立即接了句：“下周五。她说要参加今年的新生舞会。”

“咦？”寇北看向徐莫，“徐三你怎么知道得这么清楚？”

徐莫努力让自己看起来很镇定：“我比较有同学爱。谁像你，过了这么久才想起来有蔓冬这么个人。寇二，你还玩吗？”

“玩！我要一雪前耻！”

“呵呵，为了你的额头着想，还是改成贴纸条吧。要不然明天别人看到你的额头，还以为你遭受了寝室暴力。”

“……”

最终，莫名其妙把寝室另外三人都得罪光的寇北，脑门上被贴满了“我傻”“我笨”“我蠢”“我丑”等字条，还被拍照留念。生无可恋的寇北同学总结了一下自己今晚的心路历程，五个字：人间不值得。

2

这年头，只要思想不滑坡，办法总比困难多。

所以，沈余决定在追言峥的道路上先缓几天，努力把周六的家教兼职搞定再说。介绍兼职的学长说了，如果她表现不错，小孩的家长很有可能会聘请她当长期家教。

唯一不太好的一点，就是对方家离学校有点远，坐地铁后还要再转公交车，得一个多小时。不过这都不是事儿，毕竟家教的时薪可比超市卖卫生巾高多啦。

路途遥远，在地铁上无聊的沈余决定找点事情做，于是她想起了自己一直没有点开的那个八卦帖。

打开帖子之前，她做好了心理建设。打开帖子之后，发现帖子里除了主楼内容以及那几张偷拍的照片实在难看了点，并没有见到什么对她进行人身攻击的言论。当然，也可能是因为那些说话难听的都被禁号了。

她将评论一条条看下来，目光忽地被其中一条评论吸引。这条引起她极大舒适感的评论是这样写的——

“如果一个男生不喜欢你，你压根连靠近他的机会都不会有。所以，言峥当然也是喜欢沈余的。”

是啊，像言峥这样的人，如果他不喜欢她的话，偌大的校园里，她估计连见他一面都难，更遑论天天在他面前晃悠。

所以，言峥当然也是喜欢沈余的！

那些内心深处因为重逢后言峥的冷淡而生出的困扰，因为这个结论，烟消云散。

沈余独自坐在拥挤的车厢里，低头看着手机屏幕，拼命抑制住想给言峥打电话的冲动，然后在旁人异样的目光里，咧着嘴笑得像个傻子。

一个半小时后，沈余终于抵达目的地。

手机显示电量不多了，她赶紧调到省电模式。雇主家所在的小区管理非常严格，非请勿入。她站在门口给对方打了三个电话都没人接。无奈之下，她只好给介绍人打电话，结果屋漏偏逢连夜雨，那位学长也没有接电话。

就在她一筹莫展之际，一辆从里头驶出的黑色小汽车突然停在了她身旁。车窗摇下来，露出一张熟悉的温和俊颜。

"小学妹？你怎么在这？"应元青原本还以为自己看错了，没想到真的是她。

"一位学长给我介绍了一个家教的兼职……"沈余也没想到自己居然会在这里遇见应元青，瞬间联想到室友说起的应元青的感情八卦，然后再看他就觉得自己的同情心在发作……

"没及时联系上对方？"应元青从她未尽的言语里猜到事情的原委。

"嗯，电话没人接。介绍家教的学长说帮我联系一下，暂时还没有动静。"沈余看着眼前的应元青，突然眼前一亮，看对方这模样像是这个小区的住户啊。她连忙厚着脸皮求助，"应学长，请问你认识五幢一单元 701 的住户吗？我刚刚给对方打电话，但是没联系上……"

应元青主动提议道："上车，我送你过去。"

"好嘞，谢谢应学长！"沈余也没客气，直接打开车门坐了上去。好歹是同一个学院出来的，也算是自己人了。

待沈余系好安全带，应元青立即掉转车头，轻车熟路地驶入小区，没过一会儿，车子就停在了五幢楼下。

"谢谢学长，那我先上去啦！学长再见！"沈余说完就下了车，径自朝大门走去。

应元青却没有就此离开，而是一同下了车："我陪你上去吧。"

"不用了……"沈余婉拒的话语刚说出口，就看到了楼下的门禁。

应元青仿佛没看到她的尴尬，拿出自己的门禁卡刷了一下，然后非常绅士地推开门，让沈余先进去。

沈余后知后觉道："咦？原来学长你也住这幢楼啊？"

应元青对上她惊讶的眉眼，微微笑起来，语气温和道："嗯，我住 702。我记得林先生家的孩子今年小升初？你是负责教小朋友哪一门科目？"

"数学和英语。不过今天算是变相面试，得家长满意了才有后续。"沈余第一次当家教，难免觉得自己有些底气不足。

应元青看着电梯门上映出的女孩略显苦恼的面容，不由出声安慰："不用紧张，先和家长以及小朋友沟通，找到小朋友薄弱的知识点，抓重点进行突破。家教这种事，一回生二回熟，至少比千军万马过独木桥的高考简单不是？”

沈余点点头，并暗暗将他的指点记下。

两人来到七楼，应元青帮忙按响了 701 的门铃。很快，大门从里面被打开。打扮素雅的女主人看到门口的两人明显愣了愣，“应先生，请问有什么事吗？”

他们虽然是邻居，也不过点头问好之交，所以难免有些惊讶。

“林太太你好，这是我在北城大学法学院的小学妹沈余，之前跟你们约好今天过来上数学和英语的家教课。不过你们刚才可能在忙，她打电话没能联系上你们。所以，我就带她过来了。”应元青礼貌地说明来意，并将身旁的沈余以自己学妹的身份介绍给对方。

“啊，我正纳闷怎么人还没来，快请进，快请进。”女主人说着，掏出口袋里的手机看了一眼，果然有几个未接来电，“抱歉啊，手机不知何时被我调成了静音，一直没发现……”

“那你们忙，我还有事就不进去了。”应元青婉拒对方的邀请之后，轻拍了拍沈余的肩膀以示鼓励。

大概因为多了应元青这层关系，女主人对沈余亲和有加。沈余要教的小朋友叫林霖，是一个乖巧、聪明的小女孩。沈余灵活运用了以前言峥教自己学习时所用的教学方法，几个小时下来，双方各有收获，旁边的女主人脸上满是对沈余的赞赏。家教课结束之际，女主人更是主动提出要和沈余签家教长约。

沈余给对方留了邮箱地址以便对方给自己发电子版本的合同文件，然后婉拒了对方的晚饭邀请，与之礼貌道别。

下楼后，沈余拿出手机打算将之前的静音模式调回来，却意外看到屏幕显示的三个陌生的未接来电。她点开未接来电列表，准备回拨过去，却在看到归属地来自江城时硬生生顿住。不知道为什么，她有种直觉，如果回拨这个电话，自己可能会后悔。然而，内心深处那些暗暗潜藏的期待还是战胜了一切。

电话响了好几声，终于被接通，中年女人不耐烦的声音在电话那端响起——

“你电话买来到底是干什么用的？当摆设吗？给你打了无数个电话都没人接，如果不是裴禹一直在问我你的消息，我才懒得给你打电话！简直跟你那个死鬼爸爸一样……”

母亲徐丽那尖锐又熟悉的声音在手机里响起的那一瞬，沈余心中那点期待被浇灭了。人呐，果然还是不能心存侥幸啊！从来就没有爱过她的母亲，怎么可能会因为想念就打电话给她呢？更别提主动关心地问一句，你过得怎么样。

她打断母亲徐丽的喋喋不休，直奔主题：“妈，你打电话找我到底什么事？”

自从两年前他们举家搬离江城后，半年不到，她的父母就选择了离婚放过彼此。她跟随父亲沈平一起生活，母亲徐丽则就此没了踪影。此时，听到母亲徐丽提到裴禹，沈余身上的弦不由紧绷，想起了不太愉快的往事。裴禹是沈余学画画时的师兄，后来又成了高中校友。以前沈余曾暗恋过裴禹，而裴禹得知徐丽女士与自己的父亲裴正国有了婚外情，特意接近沈余，各种示好之后，在关键时刻揭开了这块丑陋的面纱，以此报复沈余……

“我要订婚了，你十一月八日来江城参加订婚宴！请帖我就不给你寄了，地址晚点发给你，你到时候直接自己打车过来。我还有事要忙，先这样吧。”电话那端的徐丽用命令的口吻将话说完，然后毫不留恋地挂断了电话。

“……”沈余站在原地听着手机里传来的嘟嘟声，一时不知该如何形容自己此时的心情。

难过？悲伤？好像都不是……但接这通电话之前因家教而得到认可所获得的喜悦感，此刻统统消失不见了。

沈余就近找了个公共长椅坐了下来。她觉得自己需要好好消化一下刚才电话里所获知的信息。徐丽女士重新找到了自己的幸福，她究竟该不该去送上祝福？不知怎的，她想起了当年裴禹憎恶的眼神，以及孤身站在暴雨里目睹那个肮脏秘密时绝望又无助的自己。

那时候，如果不是言峥从天而降，她可能会选择自暴自弃吧？当他牵起她手的那一瞬，她重新有了拥抱世界的勇气。

应元青出现的时候，沈余正坐在长椅上发呆。

其实应元青原本是开车从她身旁经过的，不过等他将车停入地下车库，坐电梯直达家门口后，沈余坐在长椅上的画面却一直挥之不去。于是，他过家门而不入，鬼使神差般又下了楼，重新出现在沈余面前。

夏日傍晚的彩霞将天空印染成一幅绚丽的画布，可长椅上的女孩却笼罩在一种低落的情绪里，低垂的眉眼让人看不出她在想什么，但微抿的唇角仿佛在隐忍着什么，让人不由心生怜惜。

“小学妹？”应元青喊了沈余好几次，她才从自己的思绪里回过神来。

“哦，是应学长啊……”沈余看到对方的时候，眼里闪过一丝连自己都没察觉的失望。

应元青一向心思细腻，自然捕捉到了她的情绪变化。虽然有些好奇，但有些话并不太适合说出口。于是，他换了一种方式打开话匣子：“我可以坐下来吗？”

沈余有些心不在焉地点点头。

应元青也不气馁，坐下后，主动询问：“下午的家教课还顺利吗？”

“嗯，林太太说要跟我签家教长约。”

“看来你下午的表现完美征服了林太太。如果有需要的话，到时候我可以帮你过一遍合同。”

“好啊，谢谢应学长。”

“不客气，反而是我要谢谢学妹，让我学了这么多年的专业，终于有了用武之地。”

应元青调侃的话语，让沈余脸上终于露出了笑容。她看着眼前笑容温和的年轻男人，郑重地致谢：“应学长，谢谢你。我现在心情比刚才稍微好了一点。”

“只是稍微好了一点？看来我逗人开心的能力还有待提升啊。”应元青耸耸肩，“没办法，职业所迫，只能努力装出一本正经的样子，久而久之就忘记如何开玩笑了。”

沈余忍不住笑出声：“应学长，你知道我现在内心有多复杂吗？”

“嗯？”

“我现在的内心 OS 是，应元青学长怎么一下子从神坛走下来了……也不给人一点适应的时间……如果我室友在这的话，肯定要开始怀疑人生的，她是你的超级粉丝。”沈余因为简短的交流，对应元青有了新的认知。

“小学妹，听完你的坦诚之言，我现在内心也有点复杂……”

“噗——”沈余觉得自己也要被眼前的学长圈粉了。初时的那种距离感，似乎一下子少了许多。

应元青见沈余的心情好转许多，低头看了眼手表上的时间，遂从椅子上起身：“好了，饭点到了，为了有朝一日重回神坛，请小学妹给我一个贿赂你的机会。有没有什么想吃的？”

“啊，不用了，我还得赶回学校呢。”沈余拿出自己的手机看了眼时间，然后发现手机只剩 1% 的电量了……

“等吃完饭，我开车送你吧。”

“不用啦，一来一回太麻烦了。我搭公交车，然后再转地铁就可以了。”

“那这顿饭先记在账上，留着下次我再请，现在先送你回学校。”

“真的不用啦……”

“小学妹，请体谅一下我从小接受的绅士风度教育。So, May I？”

应元青话音刚落，沈余的手机突然响了起来。可惜，她还来不及细看，手机就因为没电自动关机了。将返校的路线记录在手机备忘录的沈余，只好选择接受对方的好意，“那好吧，谢谢学长。”

在返校的途中，依旧深受母亲订婚事件困扰的沈余，在经过一番深思熟虑之后，还是决定寻求一下他人的建议。就目前而言，应元青看起来似乎是个不错的人选。

“学长，我可以请教你一个问题吗？”

“当然可以。”

“唔，就是如果父母做了一些伤害别人的事情，我们应该怎么办？”

“在我看来，每个成年人都应该为自己的人生负责。我们既然无权干涉别人的选择与决定，那么后果也不应该由我们这些旁人来承担。即使，对方是我们的父母。”应元青顿了顿，继续道，“这么说也许有点残酷，但很抱歉，这就是现实。”

“那……”沈余迟疑了好一会儿，又问，“如果父母改正了错误，重新收获了新的幸福，身为子女该祝福吗？”

“从心。”

沈余听完没有说话，而是陷入了长时间的沉思……

直到许久之后，车子停在学校门口，沈余道了谢，下了车，突然又重新敲开了驾驶座的车窗。

“学长，我想我知道该怎么做了！谢谢你以及你今天做的所有一切！等我拿到家教的工资，我请你吃饭呀！”沈余说完，又十分不好意思地补充了一句，“不过得在我能力范围之内。”

“好。”应元青看着她脸上腼腆的笑容，有那么一瞬间的晃神。

“那你注意安全，拜拜。”沈余开心地朝他挥手道别，然后转身朝校园走去。

然而，沈余不知道的是，当她从应元青车上下来并开心与之交谈的同时，校门口的一隅，等了她将近一个小时的言峥，选择了默默地转身离去。

原本，言峥一直在等着沈余主动上门来找自己。但是他左等右等，就是不见沈余的身影。于是按捺不住的他，选择了主动给沈余打电话。结果，电话刚响了一声，紧接着就变成了“您所拨打的电话已关机”。

言峥旁敲侧击地通过寇北间接从沈余的室友那边得知，沈余今天外出做家教了。不放心的他，选择了来校门口等待。在看到沈余平安归来时，他高悬的心总算落下。想要朝她狂奔而去，却又因为看见她与车里的异性开心畅聊，而硬生生止住了脚步。可即使拼命告诉自己要克制，却依然制止不了那颗想要靠近她的心，于是只好落荒而逃，以为如此便可以压抑内心的冲动，到头来发现原来这一切不过是无用功罢了。

喜欢一个人，大抵如是吧？

■□■ 3

这世上，有一种痛，叫作喜欢的人给你打电话，你、却、没、接、到！

沈余看到未接来电上显示着言峥的手机号码，已经是好几个小时以后的事情了。

“啊啊啊——”她激动地一把揭开胡晶晶一分钟前替自己敷上的面膜，“姐妹们！言峥主动给我打电话了！”

沈余话音刚落就见到谢甜甜趿着拖鞋快步跑向阳台。

沈余纳闷：“小甜甜你去哪？”

谢甜甜认真道：“我去看看月亮是不是从西边升起了。”

一旁看不下去的胡晶晶直接揭下自己脸上还未到时间的面膜："我真是服了你们俩！这个时候难道不是应该抓紧接电话吗？"

"呃，他是傍晚给我打的电话。我当时手机没电自动关机，正好完美错过……"沈余想到这里就心痛。

"让你明天再给对方打电话是不可能的了，因为你会失眠。"胡晶晶看了下时间，直接替沈余做了决定，"男生寝室现在应该还没睡，你回拨过去看看什么情况。"

"嘿嘿，知我者晶晶也。"沈余笑嘻嘻按下了回拨键，脑中思考着电话接通后的第一句话应该怎么说。结果，预想的一切并没有发生，因为，对方关机了……

这个没能顺利打通的电话，成功让沈余失眠了。

不过，作为沈余的好闺密，远在江城的江江同学恰好也失眠了。她失眠的原因，与沈余有关。所以，在经历了无数次的内心挣扎之后，她决定发条短信过去，看看自己的闺密究竟睡着了没。

"小鱼儿，你睡了吗？"

沈余收到信息时，正睁着眼睛瞪着天花板发呆，她迅速回了条消息过去："没有。"

"那你打算睡觉了吗？"

"失眠……"

"哦，那我就放心了。上QQ聊吧！"

沈余带着疑惑和不解打开了手机QQ，并主动发了一串问号过去——

“？？？”

“我偶像知道我们俩高中一直暗通款曲的事情了！”

“暗通款曲是什么鬼？不要瞎用成语，语文老师知道了会气死的！”沈余回复完这条消息，突然反应过来不对劲，连忙又补发了一条，“你是说言峥知道我高中转学后和你私下联系的事？”

“对，他今天说在QQ上跟我说的时候，我吓一大跳，还以为他是来让我互删好友的……话说小鱼儿，你说言峥重逢之后不理你，会不会是因为你转学后一次也没有主动联系他？”

沈余看到江江的猜测，犹豫了好一会儿，最终还是说出了自己埋藏许久的秘密：“说出来你可能不信，我搬家后去找过他的。”

江江看到这条消息，也不管已经深夜近一点，直接一个电话打了过去。不过电话刚响一声，就被沈余按掉了。江江好奇得要死，用最快的手速发了一条新消息过去：“你居然主动找过他？什么时候的事情啊？怎么从来没听你提起过？当时发生了什么事？为什么他看起来对这件事并不知情的样子……”

江江一连串的问题勾起了沈余偷偷藏在青春时光里的一段回忆，她好像再次看到当年卑怯地躲在角落里的自己。

“有一回，竞赛决赛在我们那边的大学举办，我得知消息后特意跑去找言峥。本来想去恭喜他的，不过当时他正和他那些参加竞赛的朋友们聚在一块，热烈讨论着我听不懂的化学专有名词……

他背对着没有发现我，然后我最终也没主动上前……我当时就下定决心，一定要努力让自己变得优秀，然后再出现在他面前。”

沈余没有告诉江江的是，当时那一群人里，有一个女孩。那个女孩身上有她羡慕的一切，阳光、自信、从容，最关键是她总能轻而易举接住他抛出来的问题。他们站在一起侃侃而谈的样子，般配极了。那一刻，她深深地感受到了彼此间的差距。所以，她离开的时候暗暗下决心，一定要等自己有资格与他并肩了，再自信地站在他面前，说一声好久不见。

那些百转千回欲语还休的少女心事，即使没有细细描绘，也让人隔着遥远的距离感受到了呢。

江江发了个拥抱的表情："我觉得你一定要把这件事告诉言峥！因为有些事，你不说出来，对方很可能永远也无法得知。我现在非常怀疑，聪明的偶像很可能早就算准了我一定会把他跟我说的话转达给你听，所以才告诉我的。我要大胆猜测一波，他的主要目的，应该是在给自己找台阶下！"

"……不明白你的意思……"

"意思就是，他在时刻等着你主动去找他呀，这样的话他才能有机会原谅你，然后你们才能来个 happy ending！"哎呀，如果是真的，她偶像这个人未免也太幼稚和别扭了！啧，爱情啊爱情，比世上任何事物都复杂难懂啊。

"……你知道我为什么失眠吗？他今天终于给我打电话了！

但是，我竟然错过了！等我晚上回拨过去的时候，他手机已经关机了！”

“妈呀，听你这么一说，我越发觉得我刚才的推测靠谱了！小鱼儿你现在赶紧睡觉，养好精神，明天去找他当面聊聊！后续进展请务必告知深爱着你的我！”

“好的，晚安。”沈余发了个晚安的表情，然后就退出了QQ。

过了一会儿，准备入睡的沈余突然收到了一封来自江江的彩信。沈余好奇地打开彩信里的这张照片，当场愣住。因为，照片的主人公居然是高中时代的她与言峥……

照片里，穿着校服的少女趴在教室靠窗边的书桌上午休。眉目清俊的少年正倚靠在少女前座的窗边，目光温情地注视着少女，带着几丝浅淡的笑意。而他的身影，恰好替少女遮挡了窗外照射进来的刺目阳光。

原来，她在一个人心目中曾可爱到，就算是趴在课桌上小憩，也都闪闪发光呀。

那些关于青春的斑斓回忆，一下子如潮水般翻涌而出。那句一直来不及说出口的我喜欢你呀，也许是时候鼓足勇气大声说给对方听了吧。

只是，当你对生活满怀期待的时候，生活常常会给你一个无情的耳光。

沈余睡醒第一件事就是给言峥打电话，谁知言峥手机关机一直打不通。她只好厚着脸皮询问寇北，一问之下才知道原来言峥一大早就泡实验室去了，天没黑估计都不会回寝室。

因此，她只好暂且先将自己想见到他的迫切心情藏起来。可这世上，能控制得了的，就不叫喜欢了呀。

手机响起来的那一瞬，沈余还以为言峥给自己打电话了。她迅速拿起手机，看到屏幕上显示着“邵学长”三个字，心头掠过难以言状的失望。

邵明浩在电话里请沈余下楼一趟，说是他正在她寝室楼下，有事相商。

沈余走到阳台往楼下一瞅，果然看见邵明浩手里拎着一个小袋子正站在楼下。她带着满腔疑惑，快速下了楼。

邵明浩一见到沈余，立即万分热情地将手中的小袋子递了过去：“学妹，这是我特意为你买的奶茶，你拿着，天这么热，喝杯冰奶茶解解渴。”

“……”沈余被他突如其来的热情惊得往后退了一小步，狐疑地打量着眼前这个笑眯眯的学长以及他递过来的奶茶，没说话。

邵明浩因为沈余的反应，装出一副伤心欲绝的模样：“学妹，不要怕，大胆说出你此刻的想法……”

沈余内心复杂地看着他：“学长，你这无事献殷勤，有诈啊……”

邵明浩忍着笑，换上一副语重心长的口吻：“学妹，看来咱俩缺乏必要的相互认知啊。你看看学长我这张脸，有没有看到四个字？”

“什么？”

“我、是、好、人。”

“……”大热天的，沈余被对方的笑话冷到了。不过她还是接过了对方特意买的奶茶，“学长，你直说吧，你找我究竟什么事？”

“沈余学妹，请问你有没有兴趣重新加入咱们天文社？”

沈余一口奶茶差点喷出来：“如果我没记错的话，我好像刚刚被社团请退吧？当时还是学长你亲自跟我说的。”

“呵呵呵呵，前尘往事，咱们就都忘了吧……我今天来是诚挚地邀请学妹你加入天文社！学妹啊，只要你答应加入社团，别说是看星星赏月亮了，你就是要流星，学长也努力帮你实现愿望啊！”自打言峥学弟退出社团，社团人气真的是一落千丈啊！邵明浩想起这件事就愁。

“学长，好意我心领了。不过如果想要流星，我会自己努力的，而且我当初加入天文社就是因为言峥也在……”

邵明浩连忙打断沈余的话：“言峥学弟亲口说了，只要你加入社团，他就不退社团了。”

“嗯？”沈余微微眯起眼睛，算起旧账，“如果我没记错的话，学长你当时好像不是这么说的吧……”

邵明浩一脸慈爱地看着她：“学妹，你不知道吗？你的存在可以动摇言峥学弟的一切决定啊。你在他心目中，很重要。”

沈余所有拒绝的想法，因为邵明浩这番突如其来的话语，瞬间消失了。

答应邵明浩的邀请之后，沈余喝着奶茶慢悠悠回到了寝室。她刚坐下，手机 QQ 里就收到了江江发来的一条消息。

“进展如何？”

“他去实验室了，手机关机，我晚点再过去找他。”沈余将消息发出去后，又想起一件事，“对了，我十一月要去趟江城。”

“诶？什么情况？”江江的 QQ 头像瞬间亮了起来。

“我妈订婚……”

江江大致了解沈余复杂的家庭情况，发了个拥抱的表情给沈余：“无论有没有需要，随时喊我！”

沈余看到消息，忍不住傻乐起来，回复了一连串拥抱的表情：“好！等我回江城就来找你玩。”

当年刚和江江认识的时候，何曾想过，有朝一日两人会成为闺中密友呀。所以说人生是一段奇妙的旅程，即使猜不到下一秒会发生什么，但可以肯定的是，收获永远大过于失去。

天边的夕阳一点点西斜，直到完全躲到地平线下面，埋头做了一整天实验的言峥终于走出了实验室。

他刚将手机开机，就被一连串关于未接来电的短信提示轰炸了。两个来自寇北，一个来自家里，一个来自邵明浩，一个来自姜蔓冬，剩下八个都来自沈余……

言峥扫了一眼沈余拨打的八个电话之间的时间间隔，顿时无语。这家伙大概是时不时就打个电话过来试探一下，看看他的手机究竟有没有开机。言峥想象了一下画面，微微扬了扬嘴角。他想都没想，直接点开沈余的手机号码回拨了过去。

与此同时，窝在寝室的沈余正时刻关注着自己的手机，铃声刚响，她立即接了起来。

“哇，阿峥你终于想起我来啦？”沈余激动地说完，又猛地顿住，觉得自己好像太不矜持了，遂调整了语气，“那个，有什么事吗？”

“……你打了八个电话，却问我有什么事？”言峥无奈地伸手揉了揉眉心。

“从时间上来看，我没有问错呀。你昨天打电话给我的时候，我手机正好没电了，然后我昨晚有给你回电话的，不过你手机也关机了。所以，我们扯平啦。”

“对不起，打错了。”言峥说完，直接挂掉了电话。

其实沈余不提昨天还好，一提昨天，言峥就不由得想起沈余和应元青畅聊的一幕，想起这一幕就胸闷！

沈余连忙回拨过去：“阿峥啊，你说你一言不合就挂电话的毛病能不能改一改？你现在在哪？我过来找你，我有事想和你当面说。”

言峥没有再逃避，而是选择了从心，“钟楼碰面。”

“好！”沈余一口应下，收起手机，风一般溜出了寝室。

当沈余在钟楼见到比自己早到的言峥后，深刻体会到大长腿的重要性。因为她一路小跑过来，竟然还比他慢！

听到动静，言峥抬起冷若冰霜的脸，语气也冷得仿若冬日的风，“你十一月要回江城？”

“嗯，”沈余一下子猜到告密者是谁了，“江江跟你说的吧？”

“沈余，你有没有脑子？”一想起沈余曾因此受到的伤害，言峥就觉得无法心平气和，“你难道不知道……”

沈余小声打断他：“我自己也想回去一趟……”

言峥的脸色瞬间变得很难看。徐丽女士再婚的对象就是裴禹的父亲裴正国，即使如此她依然想回去？是对裴禹旧情难忘？还是想和裴禹再续前缘？

“看来我们之间没什么好聊的了。”言峥失望地看了她一眼，转身。

沈余见状，连忙拉住他的手。

她想告诉他，她选择回江城，是想直面过去的怯懦，直面曾经的自己。她想告诉他，她长大了，已经拥有足够的勇气直面这个残酷的世界。那些曾经伤害过她的人，再也无法伤她分毫。可深埋于心的话在唇舌间辗转，却不知该如何启齿。

然而沉默有些时候只会让误解更深。言峥在沈余的沉默里，一点点抽回自己的手，最终转身离去。

沈余知道言峥担心自己，她很想解释，但越是着急，就越是卡壳。等言峥快步消失在自己的视线里，她才懊恼又沮丧地站在原地跺脚。

明明她是抱着表白的心情来的，怎么重点一句没说就被打入大牢了呢？

谁有她惨？

沈余耷拉着脑袋，在钟楼广场随意找了个地方坐了下来。

她刚坐下，江江的电话就进来了。电话一接通，江江立即开始道歉——

“小鱼儿，我来负荆请罪了……偶像不久前回复我的留言了。然后聊着聊着，我一不小心就把你十一月要回江城参加订婚宴的事情说了……”

“没事，他刚刚跟我说别去参加订婚宴，我没答应，然后他生气不理我了。”沈余压根就没有半点怪罪江江的意思，反正回江城这件事，她早晚也会告诉言峥的，时间问题而已。更何况言峥生气也不是因为这个，主要还是因为她没有解释……

当然，比起这个，沈余现在更关心另一件事：“江江啊，你有没有顺便跟言峥说我之前主动去找过他这件事呀？”

“没啊，你不是要亲口说吗？”

“嗯，我原本是这么想的，但是刚才没来得及说出口……”

江江试探着说："那我现在去发条消息提一下？"

沈余一口回绝："别！你还是发挥一下你博览群书的特长，帮我想想言情小说里女主角搞定男主角用哪一招比较快准狠吧。"

江江绞尽脑汁想了半天，还是决定实话实说："沈余同志，我觉得你什么都不需要做，只要在言峥面前挤一滴眼泪出来，他就心软了。"

"……姐妹，我感受到了你强烈的求生欲。我还是自己研究研究吧，毕竟你看过再多的小说，实践经验还是为零啊。"

"……单身狗怎么了？单身狗现在不想和你说话，并向你扔了一瓶醋！"江江说完，傲娇地挂断了电话。

心情大好的沈余，握着手机直乐。她没有留意到的是，不远处的花坛边上，一个身着黑衣、头发几乎遮住眼睛的男生偷偷注视了她很久，内心一直纠结着到底要不要主动上前打招呼。

沈余恢复好心情之后，起身前往食堂。

黑衣男生连忙跟了上去。只不过他做了一路的心理斗争，直到目送沈余走进学校食堂，也依然没能鼓足勇气上前主动说一句——

"你好，你还记得我吗？"

第四章

情书

■□■ 1

沈余在经历一番冥思苦想之后，决定给言峥写一封情书。

在敏感自卑又骄傲的少女时代，她其实也暗暗羡慕过那些勇敢写情书表达自己心意的女孩们。只不过那时候她一门心思惦记着曾给予自己温暖笑意的裴禹，忽略了身旁一直守护着她的言峥。当时蠢笨的自己，居然还帮无数女生转送情书给言峥，言峥那时候的内心估计是崩溃的吧？

想起以前她帮别的女生转送情书结果被言峥嘲讽的往事，坐在书桌前思考如何下笔的沈余忍不住咬着笔头傻笑了起来。

一旁的胡晶晶见她一副春心萌动的样子，面前还摆着一张粉色的信纸，不由纳闷：“你在干吗呢？”

“写情书呀。”

“……”胡晶晶和谢甜甜交换了一下眼神。

“对了，你们知道情书怎么写吗？”沈余星星眼看向她们。

“不要指望我，”谢甜甜一脸耿直地说，“题目超纲，谢谢。”

沈余只好将期盼的目光投向胡晶晶。

胡晶晶摸了摸她的头，笑眯眯道：“不好意思，姐姐收过很多情书，但从没写过。”

“……”沈余觉得还是指望自己更靠谱点。

沈余沉思良久，终于开始动笔——

亲爱的言峥：

这几天来，你失望的眼神一直在我脑中浮现。然后，我仔细回想了一下我们的过往，蓦然发现，之前对你视而不见的我，还真是可气啊！

这么多年来，你一直站在我身后，只要我想，只要我愿，触手可及。可我几乎不曾转过身去，好不容易转身一次，却又不告而别了。

我现在的难过，应该不及你的万分之一吧？

我知道你肯定很生气很生气，我也知道你一时半会儿是不会消气的。可是这迟了无数个日夜，深埋于心的话，我依旧想说给你听。

我亲爱的高冷少年，我也喜欢你呀！

真抱歉让你等了我这么多年，这一次，换我来等你。

爱你的小鱼儿

沈余耗费心血将这封两百多字的情书完成之际，接到了邵明浩打来的通知她当晚去参加社团活动的电话。邵明浩大概怕她拒绝，交代完活动的时间、地点，特意又补充了一句言峥也会参加。

沈余听到言峥也会去，立即就答应参加了。

晚上，她小心翼翼怀揣着用粉色信纸写好的情书出发了。但不知道是不是错觉，走在校园里，她老觉得似乎有人在跟踪自己。因此，一路上愈加谨小慎微，不知情的人估计以为她身上怀揣着几千万的支票呢。

天文社这次的活动，主要是为了向各位萌新普及一些天文常识。沈余抵达教室时，活动还未正式开始，倒是看见言峥被一群女生围在中间。

啧，这家伙果然无论在哪，都魅力爆棚啊。不过大学可不比从前，即使此刻的他冷着一张脸，还是有热情不怕被冻的女生们前赴后继。

沈余和邵明浩打过招呼，便笑眯眯地找了个座位看戏了。

其实沈余一进门，言峥就留意到了。

他还以为这家伙会主动上前解释一二，谁知道她竟然坐一旁看戏。言峥看她一副置身事外的样子就来气，于是拨开众人，一反常态地主动朝她走去。然后，在众目睽睽之下，坐在了沈余左手边的空位上……

沈余瞬间感受到了来自四面八方的杀气，不过言峥突如其来的举动让她开心地差点原地蹦起来。

她开心得双手攀上身旁人的手臂："阿峥，你终于不生我气啦？"

言峥低低地冷哼了声："有话好好说，别随便动手动脚。"

机会难得，谁松手谁是傻子。

沈余不仅没松手，还得寸进尺地凑到他耳边，轻声耳语："等下活动结束，你能不能留一下？我有很重要的话要跟你说。"

温热的气息犹如羽毛般拂过耳朵，带来一阵酥麻感，言峥不自在地别过脸去。他努力压下心底泛起的涟漪，可发红的耳朵却暴露了此时真正的心情。

这世上最要命的是什么，是明明眼前人是心上人，却还要努力克制住想拥她入怀的冲动，假装讨厌她。

言峥轻咳了一声，抽回自己的手，双手抱在胸前，目光直视前方，努力让自己看起来和平日一样："我们之间有什么好说的？"

眼尖的沈余留意到言峥泛红的耳根，笑弯了眉眼："有啊。我不仅有很重要的话要当面跟你说，我还有东西要交给你。所以，等下活动结束，你一定要等我呀。好不好？"

言峥瞥了她一眼，没有拒绝也没有答应。女孩娇软甜糯的撒娇声钻进耳朵里，让他心尖发酥。任凭他有再大的气性，这一秒也都消失了。眼前这个家伙大概不知道，从小到大，只要她一服软，他就只有服输的份。

沈余的心情却好到飞起来，因为不拒绝就等于变相答应了嘛。

待所有人入座后，教室灯光暗了下来，天文社社长开始一边播放幻灯片一边进行讲解。

沈余之前恶补过这些常识，所以这会儿坐在底下开起了小差。例如等下向言峥表白的时候，自己应该先说哪句话，以及言峥可能会说的几种答复等等。她想了很多……她以为自己今夜会是王者的……

谁知一摸口袋，沈余整个人都不好了！

因为，她藏在口袋里捂了一路的情书……

不、翼、而、飞、了！

那一秒，沈余觉得自己脑中貌似想了很多，但似乎又什么都没想。她保持着僵硬怪异的姿势，将自己今晚的路线以及各种举动回忆了一遍。悲催的是，毫无头绪。

如果她现在站起来，吼一声，有人捡到了我的情书吗？不知道会不会被当成神经病叉出去？

她僵硬着扭动自己的脖子，将视线投向言峥。昏暗的光线下，那张棱角分明三百六十度无死角的脸，让她忍不住想叹气。要是知道大学以后的求爱之路如此艰辛，她怎么着也得提前把该做的都做完啊……

在经历了一番漫长的心理斗争后，沈余含泪放弃了今夜的告白大计。

言峥在她怪异的注视下，缓缓转过头来，用询问的眼神看着她。沈余摇摇头，打定主意死也不能将自己的悲惨经历告诉他。因为，他绝对会笑话她一辈子的！

讲台上，常识科普告一段落，社团的前辈们开始和萌新互动交流。

沈余全程不在状态，活动全靠一个“熬”字。好不容易熬到活动结束，她立马对身旁之人说：“阿峥，我有事得先走一步……我明天给你打电话！”

言峥还没来得及回应，沈余已经火烧屁股般冲出了活动教室，速度之快，令人咋舌。

其他事情比她要告诉自己的这件事情，更重要？打电话要留到明天再打？今天不行吗？

被放鸽子的言峥站在原地，黑了一张脸。他觉得，有必要怀疑一下，自己在某人心目中究竟是什么地位……

沈余摸黑找回寝室，最后也没能找回自己莫名其妙丢失的那封情书。

回到寝室后，她痛定思痛，拿起纸笔重新写了一封情书。这一次，她没有原原本本重复先前那封情书的内容。写完情书，沈余很用心地将信纸折成了一颗爱心，然后放进了明天上课的课本里。

不过，虽然今天出师不利，但是沈余收到了两个好消息。

第一，银行卡里收到了兼职当家教结算的工资；第二，邮箱里收到了林霖父母那边发过来的家教合约。

尽管合约内容就一页纸，但是沈余在看过之后，纠结了好一会儿，还是决定厚着脸皮拜托应元青帮忙看一遍。毕竟，自己没什么经验，万一看漏了呢。

沈余找出应元青的电话号码，发了条短信过去：“应学长，你好，我是北城大学法学院的沈余。我刚刚收到了林太太那边发过来的家教长约，可以请你帮忙过目一下吗？谢谢。”

“好，你把合同发我邮箱。”应元青那边很快给了答复，并附上了一个邮箱地址。

沈余再三感谢之后，将合同文档发到了对方的邮箱上。她本来想问下什么时候能搞定，但是又觉得这样太不厚道，所以只好憋住。

没想到的是，五分钟后，应元青就发了一条消息过来——

“合同基本没什么问题，不过有个别措辞不够严谨，我修改了一下，已经把修订版发到你邮箱，你记得查收。”

沈余看完消息，立即去查收邮件。点开之后，发现姜还是老的辣，修改过的版本果然没有丝毫漏洞可钻。

她先将修改过的版本发给了雇主，接着开始回消息。

“邮件已收到，超级感谢学长！学长你什么时候有空，我请你吃饭。算上之前那次，两顿！”沈余发完消息，内心其实是忐忑的。因为她想请应元青吃饭，又怕对方到时候去一个昂贵的消费场所……呃，穷就是这点不好。

“谢谢小学妹让我终于有机会回味一下母校食堂的味道。那就等我什么时候有空回母校了，再喊你？”

“行，没问题！那我不打扰学长休息啦，晚安。”应元青贴心的答复，让沈余整个人都放松了下来。

“晚安。”

第二天，心情大好的沈余给言峥打了电话。

电话响了好几声，言峥才接起来，语气是一如既往的高冷："有事？"

"阿峥，今晚我们一起吃饭吧？我请你呀。"

"什么事直接电话里说吧。"

"呃，这种事电话里说不清楚，只有见面才能说得清。而且，我还有很重要的东西要当面给你。所以，今晚一起吃饭嘛，好不好？"

沈余说完，手机那端没了声音。沈余看了看手机屏幕，不由开始嘀咕："没挂断啊？难道是生气挂断了？言峥不像是这么小气的家伙啊？唔……好像没挂断啊？怎么没声音了？难道是信号不好……"

一直没说话的言峥，听到她的嘀咕声，顿时一脸黑线："时间地点？"

"晚上六点，在南区食堂门口集合，可以吗？我们要五点半才下课，加上老师拖延的时间以及我走过来的时间……"

"嗯。"言峥应了一声，随即挂断了电话。

言峥握着手机坐在教室，总觉得哪里不太对……

过了好一会儿，反应过来的他无声笑了起来。刚才那些自言自语，她是怕自己拒绝，所以故意说给自己听的吧？

下午，专业课老师在拖延了七八分钟之后，宣布解放。

沈余抱起课本就往教室外冲，心里暗暗祈祷今晚的告白不要再横生波澜。但是，著名的墨菲定律告诉我们，越是担心的事情，越会发生。

当沈余冲出教学楼，迎面撞上了一个人，手中没抱稳的课本哗啦啦掉了一地。小心翼翼夹在课本里的情书掉了出来，她连忙蹲下身去捡，一只手快了她一步将折叠成爱心的情书捡起来，下一秒递到了她面前。

“谢谢。”沈余头也没抬，直接将情书紧握在手里。

头顶传来一声悦耳的轻笑，紧接着一道熟悉的男声响起了起来：“看来它在你心中的地位非常重要。”

沈余连忙抬起头，眼前竟是应元青那张温雅熟悉的笑脸。

“咦？学长，好巧啊，怎么是你？”沈余语气里有掩饰不住的意外。

“不巧，我特意来找你的。”

“啊？”沈余第一反应是，应学长这得多想念食堂的饭菜啊！

应元青帮忙把地上的书一一捡起，然后好笑地看着眼前将小心思全部写在脸上的女孩：“小学妹，你的内心独白能不能稍微藏一藏？你这样会让我产生一种我是特意来蹭饭的错觉。”

“呃……”沈余心虚地挠了挠头，红着脸从地上站起来。

应元青笑着将书还给她，“其实我是顺道来给你送东西的。”

沈余不太明白他的意思：“啊？什么东西呀？”

应元青将手里的文件袋递至她面前：“林太太得知我要来北城大学一趟，拜托我将这个带给你。”

沈余听到“林太太”这个称呼，眼前一亮，心里有了谱。她迫不及待地拆开手中的文件袋，果然看到那两份家教长约的合同。她忍不住亲了一口合同，笑容灿烂地看向应元青："学长，超级谢谢你！"

应元青怔怔地看着她，眸中流露出几分怀念之色。

柳柳，你知道吗？我在母校遇到了一个小女孩。她笑起来的时候，眼睛像星星一样会发光，像极了你……

沈余有些奇怪地看着应元青，"学长，你怎么了？"

应元青回过神来，摇摇头："没什么。这份合同需要我顺便帮你带回给林太太吗？"

"好呀！"沈余将两份合同从头到尾看了一遍，确定这份合同与自己发过去的版本无异后，才签下了自己的名字，然后将其中一份合同交给应元青，良心发现的沈余同学主动提议："学长，你忙吗？不忙的话，要不吃了食堂再走？"

应元青佯装严肃地拒绝道："还是不了，我可是有偶像包袱的人。"

"……"沈余默默用书本挡住脸。

"好了，我先走了。"应元青被她的反应逗乐，拿起手里的文件袋轻轻拍了下她的头，"你快抓紧去做你想做的那件事吧，希望我刚刚没有耽误你太久。"

"哎……"沈余搓了搓手，试探性地追问，"那、那我们就约下次？到时候你喊我？"

“好。”应元青笑着抬起手挥了挥，转身朝自己停在一旁的车子走去。

沈余看了一眼时间，已经超过六点，当下再顾不得其他，拔腿就往约定地点狂奔。

彼时，沈余一路奔至南区食堂门口，却没有见到言峥的身影。她赶紧翻出手机，忽略室友打来的未接来电，先给言峥打电话。

电话响了一会儿才被接起来。言峥的声音透着冷淡：“有事？”

沈余被他的反问噎到：“……我到啦，你在哪呀？”

言峥语气透着不耐：“没空，不去了。”

沈余觉得他的态度很奇怪：“啊？那你什么时候有时间？”

“不知道。”

“……阿峥，你怎么了？”

“我挂了。”

“……”

沈余握着被挂断的手机站在食堂门口一脸蒙。言峥今天真的太奇怪了！特别最后那三个字，总感觉他好像在闹别扭？

念头刚起，沈余就回拨了一个电话过去。结果，被对方拒接了。电话里的嘟嘟声，正式宣告她的第二次告白顺利失败！

沈余当下连吃晚饭的心情都没了，快快不乐地离开食堂。令她扎心的是，这天开始直到新生舞会到来，言峥都对她避而不见……

这期间，男生寝室持续被低气压笼罩，寇北因此一连发了好几条消息询问沈余是不是和言峥分手了。沈余不知从何说起，只好发了个“摊手”的表情回应，谁料寇北直接根据这个表情包脑补了一切……

2

北城大学每年的新生舞会都是几个院系一起举办的，有些为了平衡男女比例，还会邀请外校的一些院系。今年理学部的新生舞会联合了法院、经济管理学院、人文学院一起举办，所以沈余她们寝室三个人又可以凑一块了。

新生舞会举行的当天傍晚，沈余和室友们从街上回来，意外发现寝室那张空了一个月的床铺已经有人入住了。仨人都对新室友充满了好奇，奈何一直到她们出发去舞会厅也没机会一睹新室友的芳容。

沈余她们抵达舞会厅之时，舞会还没正式开始，但是布置浪漫的舞会厅里已经满是穿着礼服的年轻男女。

为首的胡晶晶同学动作优雅地撩了撩耳边的波浪卷长发，目光扫过大厅里的男男女女，笑着对身旁的室友们说：“听说每年舞会现场都会有对女舞伴的明争暗斗哦，所以相信我，坐着等男生来邀请就好了。”

谢甜甜闻言顿时露出一脸吃惊的表情：“怎么听起来很黑暗的样子……”

“毕竟理工科院校男多女少嘛。”

一旁的沈余没吭声。因为她一进门，目光就自动落在大厅一隅那个身姿挺拔正与人说话的身影上了。一直到室友们拉着她找地方坐好，她的目光也没从那人身上移开。

胡晶晶等人见她表情越来越狰狞，仿佛不是来参加舞会而是来寻仇的，不由纳闷地顺着她的视线望过去。只见那个地方站着几名穿着正装的男生，其中有一个男生特别受欢迎，同时被好几个女生围着。女生们似乎在热情地说着什么，男生不知回了什么，女孩们开始相继失望离开。但是一个走了，又会有新的补上。从这个角度望过去，刚好可以看见男生好看的侧颜。

胡晶晶盯着那张侧脸打量了一下，微微眯了眯眼睛，“我以前怎么就没发现，只要有言峥在的地方，小鱼儿的眼里就容不下其他人了呢？”

谢甜甜在一旁接腔：“爱情嘛，可不就是人来人往我也不会在意，我的眼里只有你。”

胡晶晶啧了一声，笑道：“小甜甜啊，你这话一出口，不知情的人还以为你是个爱情专家哩。”

“没谈过恋爱怎么了？没看过猪跑还没吃过猪肉呀？不带这

么歧视单身人士的！”

胡晶晶用手肘碰了碰谢甜甜：“嘿，择日不如撞日，要不要趁今晚见识一下猪是怎么跑的？”

谢甜甜一口回绝：“找什么对象啊？是小说偶像剧不好看还是游戏不好玩？你瞅瞅沈余同学这陷入爱情的模样……”

两人不约而同地将目光投向身旁一直在状况外的沈余，默默结束了话题。因为这小妮子压根从头到尾都没留意过她们的谈话，一门心思惦记着不远处被女生围住的言峥。

彼时，被室友强拉来参加舞会的言峥再次拒绝了一名女生的邀约。然而尽管已经有许多女生被男神冷然拒绝，依旧有新的女生前赴后继。

当又一名女生走上前开口邀请言峥当自己的舞伴时，一道清冷又透着高傲的女声突然响了起来：“言峥，一起跳支舞吧。”

言峥循声望去，看清来人，疏离的脸上露出一丝浅笑，然而开口依旧是拒绝：“抱歉，你找寇北他们吧。”

身穿一袭白色礼裙的姜蔓冬没有正面回答言峥的话，只是反问：“你今晚有舞伴了？”

言峥沉默了一会儿，摇头道：“没有。”

“正好，我也没有。”姜蔓冬挑眉，朝他伸出手，做了个邀请的姿势。

言峥站着没动，脸上的笑透着些无奈。

姜蔓冬也不开口催言峥，只是保持着邀请的姿势，望着他的目光里带着笃定。

她与他认识于高中竞赛，后来又一起代表祖国拿下国际奥赛的金牌，现在又一起站在全国最高学府。他们既是对手又是朋友，他们一样优秀，所以她相信他会做出正确的选择。

言峥身形微动，刚要开口再次拒绝，突然觉得身旁一道黑影掠过，再定睛一看，只见一个身穿鹅黄色礼裙的女孩挡在了自己面前。

下一秒，言峥听到耳边传来一道熟悉的女声：“小姐姐，你长得真好看！赏脸一起跳个舞吧？”

言峥听到这话，嘴角微微抽了抽，却没打岔，选择了当一个安静的围观者。而被握住手的姜蔓冬盯着眼前突然冒出来的女孩，一下子没反应过来。

“小姐姐，千万别害怕，我保证我是个良民。你看啊，咱们学校的舞会也没有规定同性不能一起跳舞呀，对不对？我觉得咱俩挺搭的。”沈余笑眯眯盯着眼前气质如霜、眉眼间透着和言峥那家伙一样的冷然的小姐姐，尽量让自己看起来诚恳一点。

姜蔓冬似乎终于感受到手心的温软，然后犹如受了惊吓的兔子，慌忙将对方的手甩了出去。她一向和人保持距离，长这么大第一次碰上这种事情，外表的高冷当即维持不下去。

沈余露出受伤的表情：“小姐姐，我又不是病毒，你怕啥？正好你缺个伴，我也缺个伴，不如一起咯？”

呃，所以……她的魅力太大，连眼前的女孩都迷上了她？姜蔓冬看着眼前女孩漂亮清丽的脸，反复思考对方的话，一不小心脑补太多，脸上的表情渐渐僵住了。她语气生硬地说：“对不起，我只喜欢异性。”

沈余脚步一迈，瞬间将双方的距离拉得更近，然后趁着对方不注意再次紧握住对方的手，一副痛心疾首的样子：“小姐姐，我跟你说，这年头女生可比男生靠谱多啦！你看我，长得一副身娇体弱易推倒、三百六十度人畜无害的样子，绝对绝对比你眼前这男的靠谱，你真的不试试？”

“……”所以，她这是被变相告白了？还是被一个女生告白？虽然眼前的女孩长得很顺眼，但是作为一个坚定的异性党，姜蔓冬仍然觉得自己身上的汗毛一根根竖了起来。于是她遵从自己的内心，迅速抽回手，像躲瘟疫一样，转身疾步走开。

沈余完全没想到姜蔓冬反应这么大，所以姜蔓冬用力抽回手的时候，她一个趔趄差点摔倒在地。幸好身后有人托住了她的腰，避免了一场悲剧的发生。

待沈余站好后，好心人正准备收回手。沈余反应异常迅速，一个反手握住了对方的手，然后转过身笑盈盈对上某人那张熟悉到她闭着眼睛都能画出来的脸，说：“小哥哥，要不要一起跳个舞呀？我掐指一算，你好像缺个伴哦。”

言峥眼皮微掀，漠然地看了她一眼，抽回自己的手：“抱歉，我对女流氓不感兴趣。”

沈余听到言峥对自己的评价，差点没忍住当场翻白眼。不过紧要关头，她还是努力维持住脸上的笑容：“没关系，我对你很感兴趣！”

言峥直接无视她，转身就走。

沈余见状赶紧跟上去：“你跑什么啊？我又不会吃了你！”

言峥没说话，加快了脚步。

沈余穿着裙子和高跟鞋，不太好走路，追了几步，不小心踩到了自己的裙角，差点摔倒。眼看对方已经走到舞会厅门口，她气得大喊：“言峥！你再跟我装陌生人，小心我真的真的不理你啦！”

言峥听到身后的大吼，脚步微顿，然而想起那天在教学楼前看见的那一幕，还是选择头也不回地离开。

沈余拽着裙角孤独地站在热闹的舞会厅里，看着那人一步一步走出自己的视线，蓦地想起两年来的拼命努力以及那些想在重逢后与他倾诉和分享的点点滴滴，眼圈一下子就红了。

身后的胡晶晶等人正打算走上前去，却见沈余突然弯腰脱下了脚上的高跟鞋，紧接着一手拎起高跟鞋，另一只手拽起裙摆，以百米冲刺的速度追了出去。

等沈余追出去时，偌大的校园里，早已没了言峥的身影。

在迷蒙的夜色里，沈余像无头苍蝇一样找了很久。她大声呼喊言峥的名字，可是除了回声，就再也没有其他的了。那个人的出现，仿佛只是自己的错觉。

想到言峥可能真的是在避开自己，沈余忍不住沮丧地蹲下身去……

路灯下，身形单薄的女孩孤零零地蹲在地上，脑袋深深地埋进膝盖里，像极了被人抛弃的孩童。

拐角处，一直没有真正离去的言峥，看着眼前这一幕，终是没能忍住。但是，他刚迈出一只脚，就听到不远处有人在喊沈余。他犹豫了一下，默默收回了脚。

很快，他看见两个熟悉的身影朝沈余跑了过去。

作为寝室大姐大的胡晶晶率先在沈余身旁蹲下，用稀松平常的语气道："怎么一个人坐这啊？欣赏咱们学校的夜景？"

沈余脑袋埋在膝盖里，没动，也没吭声。

谢甜甜迅速接过话茬说道："哇，今晚的月亮真圆！"

"对！星星也很多。"胡晶晶顺口答完，抬头看向头顶黑漆漆的天空，抚额，"我第一次发现我也具备一句话把天聊死的特技。"

默不作声的沈余听到这里，忍不住叹气："两位小姐姐，你们睁眼说瞎话的水平实在有待改进……"

谢甜甜在旁边蹲了下来："对不起啊，相比安慰别人，我还是更擅长补刀。所以咱们还回去跳舞吗？我刚留意到舞会厅有很多帅气的小哥哥。"

沈余嘴角微抽："我现在情绪低落，不适合跳舞……"

胡晶晶拍拍她的肩：“少女，跳舞不是重点。重点是别在一棵树上吊死，咱们可以到周围的树上多试几次嘛。”

沈余想起言峥就觉得伤心，想了好一会儿，她终究还是从地上站起身：“算了，我们先回去吧。”

“啊？这么早就回寝室睡觉啦？”谢甜甜一时没反应过来。

“谁说回寝室？”沈余气鼓鼓地环视了一下四周，像故意说给谁听似的，大声道：“去跳舞！”

“哈哈哈，好样的！”谢甜甜和胡晶晶立即一左一右挽起沈余的手臂原路返回。不过胡晶晶在离开前，若有所思地朝拐角处看了一眼。

女孩们叽叽喳喳的聊天声渐渐远去后，隐在暗处的言峥终于走了出来，故作高深的冷漠早已卸下，清俊的眉眼满满都是浓得化不开的情深。他就那么静静地看着女孩们离开的方向，明明前方的人早已消失不见，却还舍不得收回目光。

原来，不管上一秒我下了多大的决心要放弃你，你一出现就全忘了。

3

北城大学化院某大一男生寝室里，此时静悄悄一片。

时针指向了夜晚十一点，去参加舞会的室友们还没有回来。言峥独自坐在自己的座位上，手里拿着一本书在看，可注意力却怎么也没办法集中。

寝室QQ群里，时不时就收到寇北等人发的舞会小视频。可室友们也不知道是不是故意的，关于沈余的画面几乎没有，唯一一个小视频里，沈余的画面一闪而过，压根没办法看清楚。

言峥将那段小视频反复看了好多遍，在发现狼吞虎咽的沈余面前放着的是鸡尾酒的时候，不由皱起了眉头。打电话给沈余的念头刚起，就被一阵急促的手机铃声打断了。

电话一接通，立即传来一阵嘈杂声，紧接着才是室友寇北的声音：“阿峥，我和瞿大要去趟医院，晚上估计会很晚回来，你睡觉的时候别把门反锁了啊。”

言峥立马察觉不对：“发生什么事？”

“哦，就是沈余不知怎么回事，突然晕倒了。”

“你们在哪？我马上过来！”言峥听到寇北透露的信息，一颗心立即提了起来。他拿起自己的钱包，匆匆锁了寝室门，立即往外跑。北城大学本科生虽然有规定晚上十一点熄灯，不过周五周六除外。

“啊？”电话那端的寇北听了言峥的话，想起这两天言峥对沈余的冷淡态度，有些迟疑，“你不用来……我们已经在去附近那家医院的路上……还有她的室友们也在……”

“我知道了。”已经开始在路上飞奔的言峥没有正面回答室友，而是直接挂断了电话。

等言峥急急忙忙赶到医院，正好撞见医护人员让寇北等人去帮忙办理住院手续。他直接大跨步走上前："我来。"

言峥话音未落，一群人齐刷刷望向他。

寇北见到言峥，反射性开口："哎，阿峥你真的来啦？我还以为你开玩笑呢……"

"阿峥，你怎么来了？"瞿思远也是一脸惊讶地看着言峥。照今晚言峥对待沈余的态度，他还以为……

而身为沈余室友的谢甜甜和胡晶晶见到言峥出现，暗中交换了好几个眼神。她们俩可没忘记在舞会厅言峥对沈余的态度！

言峥将一切看在眼底，言简意赅说了六个字："我是病人家属。"

"……"这句话犹如惊雷在头顶炸开，一群年轻男女集体石化。

言峥没再理会目瞪口呆的一群人，接过医护人员手中的单子，迅速向医生了解病人的基本情况。等他处理完一切事宜，来到沈余所在的病房，一群年轻男女还没从震惊中恢复。

"今晚谢谢你们，接下来这里有我，你们先回学校吧。"言峥交代完，径自朝病房里走去。雪白的病床上，女孩双目紧闭，面色苍白，光洁的额头上渗着冷汗，纤细雪白的手背上插着针管，大概因为女孩血管太细，所以护士找了好一会儿才成功找到，导致手背上青肿一片，怎么看都让人觉得触目惊心。

胡晶晶走进病房，恰好看到言峥正动作温柔地给病床上的沈余擦拭额头上的冷汗。她实在猜不透眼前这位心里到底怎么想的：“我实在是搞不明白你们这种人，明明彼此喜欢却不敢朝前迈，不怕就此遗憾？”

言峥没有正面回答，只是低着声真心诚意道：“谢谢你们对沈余的照顾，接下来我会守着她，你们先回去休息吧。”

胡晶晶睨了他一眼，秀眉一挑，语气有些微冲：“我们是沈余的室友，以后要当一辈子的好姐妹。你呢？你用什么身份道谢？沈余的家属？我怎么没听说沈余有个异性哥哥？”

言峥没有气恼，语气平淡道：“那只能说明你对沈余还不够了解。”

胡晶晶撇了撇嘴，从位置上站起来：“我们明天一大早就过来，你照顾好她，可别再搞半夜失踪这一套。你知道她为什么会得急性肠胃炎吗？因为她在努力把伤心化为食欲。是不是很傻？真以为自己的胃是铜墙铁壁啊？”

言峥听出她话中的含沙射影，却没有出声，只是默默拿起毛巾给沈余擦拭额头的冷汗。

他和沈余认识十多年，她可不就是从小傻到大吗？从前每次受伤就故作坚强，自己躲起来舔伤口，被人骗了还不知道。如今他们在大学重逢，他已经做得如此明显，她竟然还没看出来他的躲避？正常人早就不拿热脸贴冷屁股了，她居然还每天上门装偶遇，等着自己主动认出她的那一天，不是傻是什么？

可转念一想，他自己又聪明到哪去？

在她狠心消失的两年时间里，他反复告诫自己忘了她却没有一次做到。就算此番在同一所大学重逢，表面上装出视若无睹的样子，然而每次看到她流露出失望的小表情，他所有佯装出来的狠心就瞬间破功……

病房里被沉默笼罩着。胡晶晶打量了一会儿坐在病床边紧紧注视着沈余的言峥，最终收回了目光，朝门外走去。

病房门口，谢甜甜和寇北正在低声说话。胡晶晶朝他们使了个眼色："走吧，咱们这群闲杂人等可以撤退了。"

寇北非常白目："啊？孤男寡女共处一室是不是不太好？"

谢甜甜立即点头："是啊，万一我们沈余吃亏怎么办？"

"喂，谢甜甜同学，你会不会说话？我们还担心阿峥吃亏呢！"

"……"

眼见一场唇枪舌剑即将开启，胡晶晶赶紧截住话头："人家是家属，你们瞎操什么心？说不定大学毕业后大家还要同坐一张桌子喝他俩的喜酒呢！"

不曾开口的瞿思远点点头，笑着补充："一个人是不是喜欢另一个人，是可以从眼神里看出来的。"

胡晶晶听到瞿思远的话挑眉笑了笑，没多说其他，反倒再次开口招呼众人离开："走了走了，医院禁止喧哗，别在这打扰病人休息。"

一行人走到医院门口，恰好遇上了前来帮忙的学生会代表。胡晶晶交代了一下基本情况，然后把学生会代表一起忽悠走了。

这天晚上，言峥就那么沉默地在沈余身旁守了一夜。其间有一次，沈余迷迷糊糊醒来，抱着言峥的手硬是不肯撒手，不仅骂言峥是个骗子不遵守约定，还前言不搭后语地哭诉了自己心酸的送情书经历，并强行将一直藏在口袋里折成爱心的情书塞进了言峥手里。言峥哄了她很久，她才沉沉睡去。

病房里重新恢复安静。言峥看着被硬塞进手里的爱心，怀着一种自己也无法描述的心情，小心翼翼拆开了它。

正中间清秀的“情书”两个字跃入眼帘，他不禁哑然失笑。可当目光渐渐往下，他的表情变得越来越凝重。

“亲爱的阿峥，你不知道吧？这是我这辈子写的第二封情书。你先别忙着吃醋，因为我的第一封情书也是写给你的啦。只不过昨天我揣着它出门来见你，它不知道发什么脾气，离家出走了。所以你能原谅我的言而无信吗？

然后啊，这封情书我删删改改了很多遍，却发现，我最最想跟你说的是——

因为你，我再也不觉得这个世界糟糕了呢。”

当这张粉色的信纸完完整整呈现在面前时，言峥才惊觉，这段时日以来，一直反反复复迟疑不决的自己，实在是糟糕透了。因为，他竟忘了守护她的初衷，让自己的喜欢变成了伤害她的武器……

第二天早上，状态好转的沈余缓缓睁开了眼睛。

当她看到这么早就在病房里陪着自己的室友，又是感动又是心酸。感动的是认识不过一个月余的室友们对自己无微不至的照料，心酸的是她居然把梦境当真以为陪在自己身旁的是言峥……

胡晶晶最先留意到沈余的动静："醒啦？身体有没有好点？"

谢甜甜见到她醒来，立即开心地围上前来："哇！你终于醒啦，昨天晚上可把我们吓坏了！"

"好多了，谢谢你们送我去医院还帮忙照顾我，我昨天晚上可能吃得太杂，我就记得肚子不舒服，然后后面不知道怎么就不记得了……"沈余说着说着，红了眼眶。哎，化悲愤为食欲的代价太惨重！

"你得的是急性肠胃炎，昨晚是我和甜甜、寇北以及瞿思远一起送你来医院的。"胡晶晶先倒了杯温水给她，"肚子饿了没？你现在身体还没好，要忌口。我们给你带了粥，你先喝点暖暖胃，一次别吃太多。"

"寇北？"沈余的脑子还没开始转动，当下只觉得这个名字有些耳熟，等到她把温水喝完，才反应过来，"原来是他们俩啊，我给他们发消息表达一下感谢……"

谢甜甜神神秘秘凑近她，"你知道住院手续是谁帮你办理的吗？"

"不是你们吗？那个，等我回学校就还你们钱……"

“现在是谈钱的时候吗？”谢甜甜打断沈余的话，“是、言、峥！”

“啊？你再说一遍！”

“帮你办住院手续的人是言峥。”

“真的吗？？？”沈余确认似的看向胡晶晶，在得到肯定答复后，惊得差点从床上摔下去，“他、他怎么也在？”

“好像是从他室友那里听说你晕倒的事情，特意赶过来的。昨晚在医院陪着你的人也是他。”

“啊！那他现在在哪？”沈余下意识四下寻找言峥的身影。

“别找了，估计是看你醒来偷偷走掉了。”谢甜甜插刀教教主附身，无情打断沈余的幻想。

“……”沈余听了，高涨的情绪忽然变得低落。虽然他还关心着她，但他依旧在躲着她。

室友们见沈余变得闷闷不乐，赶紧继续爆料：“还有更劲爆的你要不要听？”

“要！”沈余点头如捣蒜。

“言峥亲口说，他是你家属。”

沈余听到这个劲爆消息，在床上呆坐半晌，最后蹦出一句话——

“姐妹们，我觉得我现在就可以出院了！”

第五章

喜欢

■□■ 1

鉴于今天是国庆假期前最后一天，感觉自己战斗力恢复七八成的沈余选择了出院。

在回寝室的路上，胡晶晶突然说了一件事：“等下你看到我们的新室友，千万不要惊讶。”

“为什么？”如果胡晶晶没提，沈余都要忘记新室友的存在了。

“见到人你就知道了。”

“这么神秘？”沈余被勾起了好奇心。

仨人抵达寝室楼下的时候，意外看见了言峥的室友徐莫。徐莫手里拿着果汁，一副等人的姿态。

她们几个简单地和对方打了个招呼就上楼了。不过沈余总觉得徐莫对自己的态度好像和之前不太一样，似乎有些冷淡？沈余摇了摇头，将这些奇怪的想法抛到脑后。

走到寝室门口，沈余她们仨恰好和准备出门的新室友打了个照面。

看见新室友的瞬间，沈余就知道为什么胡晶晶要提醒自己了。因为，新室友居然是昨晚舞会上被她的热情吓跑的那位小姐姐。

不仅如此，她今天还发现新室友长得特别特别特别眼熟！但是她住院把智商弄丢了一半，一时会儿就是想不起来在哪见过她。

姜蔓冬见沈余直盯着自己瞧，只好主动打破诡异的氛围：“好些没？”

昨夜，她回寝室看到胡晶晶和夏甜甜，才发现原来去医院这群人是自己的室友。

沈余笑起来：“好多啦，谢谢小姐姐关心。”

“那就好。”姜蔓冬说着，突然话锋一转，“可以让一下吗？”

“啊？”沈余这才意识到自己堵住了门口，赶紧让道。

“谢谢。”姜蔓冬说完，径自出了寝室。

寝室里由于突然多出一个人而生出的不自在感，随着姜蔓冬的离去而消失。

谢甜甜摸了摸下巴，随口道：“咱们这位新室友气场有点足啊，看起来好像有点不太好相处的样子。”

胡晶晶倒是不太赞同她的观点：“先别妄下结论，相处一阵子再说。我记得，当时你见我第一眼，貌似也觉得我不太好相处？”

沈余听到这个话题，有些不太好意思地摸了摸鼻子：“我跟你们不一样，我当时是觉得自己不太好相处。入学前听了一些学长学姐说女生寝室也会打架，我愁了好几天，生怕自己因为打架被记过处分……”

“噗，你这心路历程怎么跟新闻里报道的一对夫妻有点像。

彩票还没买，双方就提前为五百万如何分配而大打出手……”

“少女，你对自己误解挺深啊。瞧你这细胳膊细腿的，哪是什么打架的料？”

“嘿嘿……”沈余干笑，没好意思提自己以前和人打架的辉煌经历。

寝室楼下，姜蔓冬见只有徐莫一个人，不由四下张望：“言峥没来？”

姜蔓冬邀请了言峥寝室四人陪自己一起熟悉校园。当然，她最主要的目的是邀请言峥。

“他们仨都没空，派我来当代表。”徐莫将手里的果汁递给她，“你最喜欢的西瓜汁。”

“哦。”姜蔓冬失望地接过果汁，吸了一口，清甜的味道在口腔蔓延开，心情瞬间好了不少。她脸上重新展露出笑颜，“阿莫，那今天就拜托了。”

“没问题。”徐莫傻笑，“我们走吧。”

“嗯，你刚才是从寝室过来的？过来大概多久？”

“我没怎么留意，”徐莫刚才跑得有点急，压根没留意时间，他挠了挠头，提议道，“要不我先带你走一遍吧？”

“好。”

在姜蔓冬与徐莫离开后，寝室里的沈余就收到了传说中没空的言峥打来的电话。她看到来电显示，心情就跟充了氢气的河豚玩具一样，一放手就能飞上天。

“哈哈哈，姐妹们，我家属给我打电话了！”

“这个时候一定要淡定！”

“对对对，缓一缓激动的心情，然后再接。”

“咳咳——”沈余清了清嗓子，努力敛了敛嘴角上扬的弧度，这才接起电话，“喂？”

“你出院了？”电话那端的言峥正站在医院病房门口。

“嗯。”沈余努力忍住倾诉的欲望，谨记室友们的建议。

“好好休息。”言峥握着手机有太多话想说，可一时又不知如何说起。

“好。”沈余努力抑制住嘴角的笑容。

言峥听到那个简短的回答，嘴角露出一抹苦笑。她该是伤心的吧？在他那么对待她之后。他沉默了一会儿，开口却是医嘱：“医生说你要忌口。”

“哦。”沈余觉得言峥的声音有些奇怪，和平常不太一样。

“……你国庆回家吗？”

“不回。”

“那……”言峥欲言又止，又是一阵沉默过后，“我先挂了。”

“好，再见。”沈余觉得自己要是再不挂掉电话，肯定会把心里话都说出来。所以，迅速结束了通话。

沈余收起电话后，转头一脸求表扬地看向两位室友：“怎么样？

怎么样？我刚刚表现如何？”

两位室友脸上充满了无奈：“沈余同学，你全程也太淡定了吧？你这样，言峥可能会怀疑你对他没兴趣……”

“……我能怎么办，没经验的我也很绝望啊……”沈余觉得自己都要窒息了，谈个恋爱也太难了！

谢甜甜好心安慰道：“其实也没关系啦，言峥和你说话的时候貌似也是这副性冷淡的样子，正好让他感同身受一下咯。”

沈余被“性冷淡”三个字呛出眼泪：“……小甜甜，你能不说话尽量别说话。”

谢甜甜配合地伸手在嘴上做了一个拉上拉链的动作。

胡晶晶在一旁直乐：“跟你们待个四年，我觉得我会多长出几条笑纹。对了，你们有没有想吃的？到时候我返校给你们带点。”

“说到吃的，我们那的腌梨超级好吃，还有豆腐干也是特产，到时候我带些给你们尝尝。然后你们还有什么想吃的吗？”谢甜甜说着，目光自然而然望向沈余。

作为一个留守寝室之人，沈余感受到了来自室友们的暖意。她眨着一双亮晶晶的眼睛看着两位室友：“只要是你们带的，我都喜欢。”

胡晶晶一向对沈余这种长相的妹子没有抵抗力，“别用这种眼神看着姐，姐会忍不住怀疑自己的性取向的……你自己待学校，千万别再暴饮暴食啊，还有下午你们专业有课吗？”

“有，两节。”

“要不请个假吧？出院的时候医生说你得好好休养。”

“对啊，你这身体还是好好休息休息。请假和课堂笔记就包在我身上了。”

“好吧，谢谢姐妹们！”早上振奋的劲头渐渐褪去，沈余觉得身体似乎还有些发虚，索性接受室友们的好心建议。

彼时，徐莫带着姜蔓冬熟悉完整个校园，已经是中午时分了。

两人去食堂吃饭的路上，姜蔓冬忽然提议叫上言峥等人。

徐莫听到她的话，眸中闪烁的光芒不易察觉地黯淡了几分。不过，他还是依言掏出手机给室友们打了通电话。当听到电话里言峥的婉拒，徐莫无声松了口气。只是，看到身旁的女孩脸上流露出失望，他心里总觉得有些不是滋味。

明明，这一群人里，他与她相识最早，可她的眼里却只有言峥。他究竟要不要提醒一下她，言峥已经有了喜欢的人？

徐莫最终还是没有说出口，因为他舍不得看到自己喜欢的女孩难过。

不过姜蔓冬很快就从言峥口中得知了这件事情。

当天下午课间休息时分，寇北等人聊起了如何利用国庆假期这个话题。

姜蔓冬在旁边听了一会儿，突然心血来潮，询问道：“阿峥，你们江城有没有什么好玩的地方？”

“咦？蔓冬，你国庆不回家啊？”寇北疑惑。姜蔓冬家就在临近城市，国庆放假这么多居然不回家？

“还在考虑。如果江城好玩的话，说不定去转一圈。”

徐莫眼前一亮，主动提议：“蔓冬，你要不要考虑去我们那玩几天？古城也别有一番风味，我当你的向导。”

寇北在旁大叫起来：“徐三你重色轻友啊！怎么只邀请蔓冬小姐姐，都不喊上哥几个！”

瞿思远直接送了白目的寇二一个爆栗：“寇二同学，你什么时候才能明白自己存在的意义？这种时候就不要当电灯泡了好吗？”

没听懂的寇北捂着自己的脑袋，总觉得好像漏了什么重要信息。

“下次吧，你们那是旅游景点，现在肯定抢不到票了。”姜蔓冬神色自若地婉拒了徐莫的邀请，再次将话题引到一旁心不在焉的言峥身上，“阿峥，怎么样？有没有什么好提议？”

“嗯？”言峥此时一门心思都在沈余身上，丝毫没有留意到身旁的人都说了什么。

“蔓冬问你江城有没有什么好玩的，打算国庆去玩。我说阿峥啊，你该不会压根就没在听我们说话吧？”寇北都惊呆了，认识言峥这么久，他从未见过言峥走神。

“啧，陷入爱情的人啊……”瞿思远摸了摸下巴，笑得意味深长。

姜蔓冬听到瞿思远的话，心头微微一跳，无端生出一种不太好的预感。总觉得自己请病假的这段时间里，好像发生了很多事情。不过她面上不显，仍旧微笑地望着言峥。

言峥没有理会室友的调侃，直白道：“如果你想去，建议上网查攻略。”

姜蔓冬没有就此放弃，而是追问：“言峥同学，我怎么感觉咱们的友情受到了考验啊？这个时候你不是应该主动提出尽地主之谊吗？”

“下次吧，国庆我不回去。”言峥的话音未落，身旁的室友们都惊得合不拢嘴，因为之前已经听他说买好了返家的车票了。

“那就只能下次了。”姜蔓冬略带遗憾地耸了耸肩，心里却临时改了主意，决定国庆也留在学校。

当晚，随着一拨又一拨的学生离校，热闹的校园渐渐变得安静。

言峥手里拎着特意打包的小米南瓜粥站在女生寝室楼前徘徊，目光时刻关注着沈余所在的那间寝室。因为寝室没有透出光亮，所以他一时半会儿也摸不清沈余现在是在休息还是已经清醒，打电话又怕不小心打扰到她，于是只好按捺着一颗担忧的心守在楼下。

姜蔓冬从食堂归来，看到在寝室楼前徘徊的言峥，整个人都愣住了。

“言峥？你怎么在这？找我有什么事吗？”她有些不敢相信地看着他。那一瞬间，内心隐隐生出一丝期待。

言峥看到姜蔓冬显得有些意外，“你没回家？”

简短的一句问话，姜蔓冬已经反应过来他压根不是来找自己的。她用微笑掩饰自己的尴尬：“我想了想反正回家也没什么事，还不如留在学校补补落下的课业，免得到时候考试挂科。”

“哦，你现在准备回寝室吗？”待姜蔓冬点头之后，言峥便再次开口，“能不能请你帮个忙？”

“好，你说。”姜蔓冬瞬间起了好奇心。因为认识这么久，这是言峥第一次有求于自己。

“我想请你帮忙把这份粥带上去给沈余。”

“沈余？我们寝室那个？”姜蔓冬秀眉紧蹙，怀疑自己是不是听错了。

“对。她急性肠胃炎刚出院，我有些不太放心，那个家伙一向爱逞能……”言峥素来清冷的面容流露出担忧，“你若是不方便，那就算了。”

姜蔓冬盯着言峥，没有错过他提到沈余时脸上流露出来的关心以及语气中的熟稔。她只觉得一颗心往下沉，连声音都有些不太稳：“你们……什么关系？”

言峥坦然地看着她：“家属。”

简简单单两个字，却掷地有声。

听到言峥回答的那一瞬，姜蔓冬脸上的期待和笑意仿佛被九月底的阳光直接冻住，轻轻一碰就会碎成无数片。

可惜，喜欢上一个不喜欢自己的人，本身就是一件很残酷的事情。我不喜欢你，你的喜怒哀乐在我眼里就只如云烟掠过，或许连云烟都不是。

“请别告诉她这份粥是我买的。我们俩闹了点小别扭，她现在可能还没原谅我……”或许是姜蔓冬掩饰得很好，又或许是言峥一心记挂着沈余，又或许夜色太昏暗，他没有留意到姜蔓冬的异常。

“你也有不笃定的时候啊……”姜蔓冬喃喃自语着，接过他手中还冒着热气的粥，转身进了寝室楼。她第一次发现，手中小小的一碗粥，原来竟也能重如千斤。

寝室里，刚刚睡醒的沈余正躺在床上望着头顶的天花板发呆。

姜蔓冬进了寝室，第一时间打开灯，紧接着将手中的粥放在桌上。沈余听到动静，从床上探了个头出来，见到姜蔓冬主动打了个招呼：“嗨，小姐姐你回来啦！”

亮黄的灯光下，女孩歪着脑袋看着自己，略显苍白却漂亮的脸上带着善意的笑意。可姜蔓冬却笑不出来，面无表情地指了指桌上的粥：“这是言峥给你买的粥。”

“言峥？”沈余听到“言峥”二字的时候，简直不敢相信自己听到的事实。她还以为言峥已经坐上了回江城的车了呢……她快速爬下床铺，目标直奔桌上的清粥。

姜蔓冬见到对方的反应，心中最后一丁点幻想随之破灭。想起舞会上她误以为对方喜欢自己的荒唐事，当下内心复杂，不知该哭还是该笑。一番沉默过后，她动了动嘴唇，犹带着几分不甘心道：“你和言峥是怎么认识的？”

沈余打开包装盒，看到热腾腾的小米南瓜粥以及清淡小菜，笑意爬满了眼角眉梢，“我们从小一起长大的。”

“是你啊……”姜蔓冬脸上露出了然的表情。高一参加国家队集训，一群少年人一起去街上闲逛。作为几人当中唯一的女生，言峥曾私下问过她女生会喜欢什么礼物。她问他送给谁，当时他眉眼满是温柔笑意，说送给自己的小青梅。

“什么？”沈余不明所以地看向她。

“言峥说你们在闹别扭？沈余，既然两个人决定在一起，那就请你好好珍惜，不然尽早放手。”姜蔓冬努力维持住内心最后的自尊和骄傲，“他现在就在楼下。”

“……”沈余顾不得其他，直接将手中的勺子一扔，踩着拖鞋就冲了出去。

楼下，言峥还在等姜蔓冬的回信。谁曾想，一抬眼，就看到朝自己飞奔而来的心上人。

“言峥——”沈余带着满腔欢喜和急切朝树下之人奔去，中途还跑丢了一只鞋。

言峥将她抱了个满怀，待她站稳后，才松手，语气里却充满了关心，“你身体还没好，怎么下楼了？”

“因为你在楼下呀。”她喘着气，一双眼睛却熠熠发光，“我看到粥了。我还以为你回江城了……”

那些我对你的喜欢啊，就算捂住嘴，依然还是会从眼睛里流出来。

“我把票退掉了。”言峥直视着她的眼睛，第一次敞开心扉，“我不放心你。”

“那你怎么不打电话给我？如果姜蔓冬没有告诉我，你打算在这里等多久？”沈余脸上的笑容再也藏不住了。重逢之后，他对她的喜欢啊，终于不再如花隔云端。此刻，她真真切切地感受到他的心。

“我怕打扰到你休息……”言峥脸上流露出罕见的羞红。

沈余盯着言峥，没有错过他脸上的任何一丝表情，笑容越来越深：“阿峥，你怎么知道我和姜蔓冬是室友？”

言峥在她灼热的视线下，不太自在地轻咳了声，解释道：“她正好和我同班。我们是高中一起参加竞赛认识的，还有寇北他们三个。”

“啊！怪不得我老觉得她很眼熟！”沈余这才想起来为什么一直觉得姜蔓冬看起来很眼熟，敢情姜蔓冬就是当年那个与言峥并肩侃侃而谈的女孩子呀！

“嗯？”言峥露出不解之色。

“我……”沈余迟疑了一下，最终决定择日不如撞日，有些事情不说出来真的很容易产生误会，“其实有件事一直想跟你说，就是高二上学期，你来黎大参加化学竞赛，我去找过你。当时我看到你和姜蔓冬他们站在一起……然后我就决定好好努力变得像你一样优秀，再来找你……所以……”

尽管只是寥寥几句话，但当中的百转千回大概只有当事人自己才知道。可是啊，只要一想到有朝一日能与你并肩看风景，那些辛苦就不值得一提了呀。

言峥表面静默，内里却心潮起伏。

一直以来，他之所以赌气，无非是因为她搬家后杳无音信，不曾与自己主动联系过一次，所以误以为她不在乎自己。可原来，在他不知道的地方，她正为了自己默默努力着啊。

这世上，最幸运的是什么呢？大概就是你喜欢的人也在小心翼翼喜欢着你吧。然后，你只要想起与对方有关的一切细枝末节，便有万般柔情涌上心头。

言峥克制不住，一把将面前身形单薄的女孩用力拥入怀中。这一刻，他有千言万语想说，可话到嘴边却成了重复的解释：“我和姜蔓冬只是普通朋友。”

“嗯，我知道。”沈余被拥入怀中的时候，大脑有一瞬间的空白。她没有推开他，也不想推开他。

“沈余。”他喊她名字的时候，尾音微微扬起，又低下去，像是藏满了不言而喻的温柔与情深。

“嗯。”沈余尽量让自己的声音听起来平稳，然而内心早已被欢喜激动填满。她万万没想到，一场急性肠胃炎居然让感情柳暗花明了！

“我有没有跟你说过一句话？”他声音像一杯甘醇的酒，透着蛊惑人心的味道。

“什么？”沈余下意识屏住呼吸，心头狂跳，隐隐有种预感。

言峥终于微微松开怀抱，炙热的目光紧紧盯着她，一字一句道：“沈余，我喜欢你，在很早很早之前。”

反复练习的表白说出口之际，其实心脏早已紧张到不知所措，唯有大如擂鼓的心跳声在耳边一声声回响……

那句告白传入耳朵里，又流向心脏，沈余心头的大石落了下去，可全身的细胞却都沸腾了。其实她曾在脑海里偷偷预演过很多次被告白的场景，可当它实现时，那些提前备好的答案却一个都想不起来了。

脱口而出的第一句话却是——

“你你你怎么先表白了！我的情书还没派上用场呢！”

言峥看着她低低地笑起来：“亲爱的阿峥，你不知道吧？这是我这辈子写的第二封情书。你先别忙着吃醋，因为我的第一封情书也是写给你的……因为你，我再也不觉得这个世界糟糕了呢。”

当言峥一字不漏地将情书的内容口述完，沈余的小脸蛋已经不争气地红成了西红柿。可言峥却没有就此停歇，而是敛了笑，郑重其事地将自己的心意敞开：“沈余，这是我收到的最好的情书。

因为你，我对这个世界有了更多的期待。”

沈余踮起脚尖飞快地在他脸上亲了一下，然后傻傻地笑起来：“言峥，我也喜欢你，比我自己知道的还早。”

在这个没有星月的夜晚，校园里静得只有虫鸣声，可她看着他，眼前却仿佛有万千烟花绽放。

她稳稳接住他的真心，同时也奉上自己的那颗心。

这世上再也没有比这更美妙的事情了。

2

对陷入热恋的情侣来说，分开一秒都嫌久。

本来按照正常的故事脚本，双方应该约起来，一起吃饭看电影泡图书馆压操场等等。可惜，沈余病体未愈，所以国庆假期前面这几天，她都只能窝在寝室休养生息。晋升为男朋友的言峥，每天定时来女生寝室楼下投喂，搞得沈余差点产生自己是动物园里的动物的错觉。

不过连续几天下来，沈余发现双方面对面说过的话，居然还没在聊天工具上来得多。幸好沈余身体素质不错，假期第四天，她的身体总算彻底恢复了。

当天，沈余和言峥成为情侣之后，第一次共进了午餐。

吃完午饭，两人手牵着手慢悠悠走在阳光和煦的校园小径。沈余时不时抬头看一眼旁侧之人，总觉得这一切太不真实。

言峥早就注意到沈余的小动作，失笑道："你在看什么？"

"看我男朋友咯。"沈余看着他，故作恶霸状，踮起脚尖伸手抬起言峥的下巴，"啧啧啧，我男朋友怎么这么优秀！明明可以靠颜值却偏偏要靠才华征服世界！快说，是谁允许你这么完美的？"

"你什么时候变这么甜了？"言峥站着任凭她调戏。

沈余笑嘻嘻道："我的嘴巴一直都这么甜啊，你不知道吗？"

言峥却不按套路出牌，俊眉微蹙，将眼前调戏自己的女孩一把揽进怀里："别动。"

"啊？"沈余见他神情严肃的样子，还以为出了什么事。

"我有件事想验证一下。"言峥盯着沈余，眼里流露出几分困惑与不解。

"……"沈余还来不及再次询问，眼前的光线忽然暗了下来，某人好看的俊颜在自己面前放大，下一秒，湿热的吻便落下来，然后她就脑袋空白理智全无了。

这一吻短暂又满含深情，沈余却觉得漫长得犹如过了一整个世纪。当言峥微微松开她的时候，她目光迷离，脸上还布满红潮，似乎没有从恍惚的思绪里回过神来。

言峥对上她那双如小鹿般湿漉漉的眼睛，只觉得心头最柔软的部位有羽毛拂过，令人心里直发痒，而好不容易压下去的燥热与冲动一下子又冒了出来。

他眉梢一挑，轻声笑起来，低声道：“小鱼儿，你这么看着我，是想要我再来一遍的意思吗？”

沈余在他的笑声里彻底回过神来，原本就羞红的脸，越发红了。她眼神四处躲闪，蹩脚地转移话题：“你、你……你刚刚不是说有件事情要验证的吗？”

“嗯，验证完了。”言峥的目光落在她娇艳又柔软的红唇上，顿了顿，说了四个字，“确实很甜。”

轰——

听出他弦外之音的沈余仿佛一只煮熟的虾，从头红到了脚。

言峥逗她上了瘾，故作正经地解释：“小鱼儿，第一次经验不足，下次我会再接再厉的。”

沈余之前的大胆都是注了水的，遇到言峥这种水平的，瞬间就败下阵来。她结结巴巴了半天，最后只蹦出气势全无的两个字：“流氓……”

“谢谢夸奖。”言峥说着，又凑过去亲了她一口。

“你你你——”沈余傻眼，怎么这家伙和之前判若两人啊……

天真的她哪里知道，这世上有两条铁律：一是仙女也有一颗想要下凡的心；二是冰川也有想在某人手里融化成冰激凌的那一天。

不过言峥觉得若再逗下去，小青梅估计要炸毛了。于是，他适时止了话题，低头看一眼时间，递了颗糖安抚道：“走吧，先回你的寝室拿东西，然后我陪你一起去地铁站。”

“哦，好啊。”沈余接下来连续三天的下午都要去做家教，上课时长会比平日稍微久一点，这个点出发的话，时间会充裕些。

两人手牵手来到女生寝室楼下，恰好遇上准备去图书馆的姜蔓冬。仨人简单地打了个招呼，然后就各忙各的事情去了。

其实，沈余本来想请姜蔓冬这个和事佬吃顿饭以示感谢，不过姜蔓冬喜欢言峥，沈余想象了下可能会发生的尴尬场面，就将这个念头打消了。

当然，还有一个更重要的原因是，她觉得无论是自己单独请姜蔓冬亦或与言峥一起做东请姜蔓冬，都感觉像是故意耀武扬威，在姜蔓冬的伤口上撒盐……

这么残忍的事情，还是算了吧。

待沈余上楼拿了东西下来，言峥自然地将她手里的帆布包背在了身上。

沈余有些不太好意思，想要将自己的包拿回来，谁曾想，言峥竟一脸认真地说：“沈余同学，帮女朋友拎包是男朋友的义务，请你不要跟我抢。”

“言峥同学，我怎么没有发现原来你这么会说话？”沈余捂着嘴偷笑。恋爱果然使人冲昏头脑，沈余发现自从两人在一起后，言峥一改以往的沉默寡言，道理一套又一套，话多得让她觉得自己在大学里认识的可能是个假的言峥。

“我还有很多闪光点，欢迎继续挖掘。”言峥对此很是受用。

沈余听到他自恋的语气，再打量了一下他背着白色的女性帆布包的样子，忍不住扑哧一声笑了出来。

两人漫步走到了离学校最近的地铁站入口，沈余就让言峥先回去了。谁料，当她过了安检正要拿包，一只修长的手率先一步拿起了她的包。她转头一看，发现竟然是言峥。

“你怎么没回去呀……”

“我们还没一起坐过地铁。”以前他们在江城的时候，上下学不是坐公交就是骑自行车。当然这都不是重点，重点是他想和她在一起。

两人一前一后过了闸门，沈余立即喜滋滋地挽住他的手臂。

不过原本说好只是送一程的言峥，一不小心就将沈余送到了目的地。然后他又在附近找了个地方坐下来，等着沈余结束后一起回学校。

当家教这种事，一回生二回熟，沈余这次明显得心应手多了。等几个小时的家教结束后，她给言峥打了个电话，得知言峥就在小区门口等自己，顿时快走了出去。

刚到小区门口，沈余就与驱车归来的应元青打了个照面。确切点说，是应元青率先看见沈余。他将车子靠边，摇下车窗，喊住沈余："沈余学妹，来上家教课？"

沈余倒是没料到会再次见到应元青，开心地点点头："嗯，刚结束，现在准备回学校。"

"大一的第一个假期，怎么没回家？我还以为你们个个归心似箭呢。"

"学长，你不知道大一新生过国庆有三种方式吗？"

"哦？"

"归心似箭的回家，兴高采烈的出游，心如止水的留校。"

应元青听到她的话，哑然失笑。

两人又闲聊了两句，道别之际，一道男声突然插了进来——

"小鱼儿，请问这位是？"言峥伸手揽住沈余的肩膀，宣示主权的意味十足。

应元青看在眼里，面上却不动声色。

沈余倒是没留意到这一细节，大大方方介绍两人认识："应学长，这是我男朋友言峥，他是北城大学化学院大一的学生。阿峥，这是应元青学长，毕业于北城大学法学院，高咱们几届。"

一番介绍，亲疏有别。言峥主动朝对方伸出手："应学长，你好。"

应元青脸上依旧保持着温和笑意，"学弟，你好。"

双方礼貌握手，随即松开，当中交锋，只有彼此才知道。

回学校的途中，言峥忍了忍，最后还是问了出来："你们……怎么认识的？"

沈余后知后觉："阿峥，你是在吃醋吗？"

言峥看着她，不置可否。至少在目前来看，应元青各个方面都比他要好上许多……

"我和应学长是开学典礼那天认识的……"沈余很诚实地将自己与应元青相遇的经过讲给言峥听。最后，她一脸认真地看着他，"阿峥，这世上优秀的人有许多，可是与我有什么关系呢？在我眼里，你才是那个最独特的存在呀。"

言峥因为她的话，幽深的眼睛里仿佛聚满了光。沈余被他看红了脸，正准备打破沉默的局面，他却开口了。

"小鱼儿，你听见了吗？"

"听见什么？"沈余被他突如其来的话搞得有些晕。

"人们都说眼睛会说话，注视着你的时候，我的眼睛大概已经唱了无数首情歌了。"

红晕爬上了耳根，沈余不自在地扭捏了下身子，然后看了看四周，确认没人注意到他们后，才压低声音，凑到言峥耳边说道："阿峥，说实话，你是不是偷偷买了一本情话大全？"

"……"言峥先是微微怔住，随后扶额低声笑了起来。他的小青梅啊，怎么傻得这么可爱……

国庆假期眨眼就到了尾声。

胡晶晶与谢甜甜拎着大包小包零食特产归校，本意是想好好慰问一下孤零零留守寝室的沈余。结果，两人回到寝室见到沈余，发现现实和想象完全不一样啊！

“少女，我观你印堂发亮，春光满面，这是走桃花运了啊？”

“啧，有情况！坦白从宽，招了吧？”

面对两位室友的“逼问”，沈余眼珠子转溜了一圈，说了句很欠扁的话：“可能是……爱情的滋润？”

“哟，小姑娘这是找了靠山，翅膀硬了啊！”胡晶晶朝谢甜甜使了个眼色，两人一起冲上去对着沈余就下毒手。

怕痒的沈余在两人的挠痒痒围攻之下，没一会儿就缴械投降了。她边笑边招供：“我和言峥在一起啦。”

被喂了一嘴狗粮的胡晶晶和谢甜甜终于停了下来，“谁先表白的？”

“他。”

“啧啧啧，小伙子不错。第一次kiss是谁先主动的？”

“……”沈余想起那个吻，默默捂住了脸。

两人看到沈余害羞的样子，你一言我一语地感慨了起来。

“吾家有女初长成，可我怎么忽然有种要嫁女儿的惆怅感……”

“我也是……”

“咱俩赶紧把爱的入场券先存起来，目测大学毕业就要喝喜酒了。从校服到婚纱，想想还是很浪漫的。”

“啊，这该死的恋爱的腐朽气息啊……”

“小甜甜你也请抓紧，在寝室打游戏刷网页还不如去谈场恋爱。”

“说得好像你现在不在空窗期似的。”

“追求者太多没办法，总得先好好考察一番。”胡晶晶撩了下秀发，故意朝谢甜甜抛了个媚眼，成功让谢甜甜起了一身鸡皮疙瘩。

沈余看着室友们有爱的互动，抖着肩膀笑个不停。果然这两位小姐姐一回来，寝室气氛立马就起来了。沈余想起此刻不在寝室的另一个室友小姐姐，默默叹了口气。国庆这几天，她与姜蔓冬之间每天的对话就是询问对方是否可以关灯睡觉……除此之外再无其他……

胡晶晶一边整理行李，一边提议道：“少女，晚上叫上你家言峥，食堂约起来？”

“好。”沈余答得干脆，拿起手机就给言峥发消息。很快，她朝室友们比画了个“OK”的手势，“言峥说今晚请大家吃饭。”

两位室友倒是没想到会有意外收获，调侃起来：“言大帅哥也太上道了！吃人的嘴软，这门亲事我们提前批了！小鱼儿，好好对待人家，知道不？”

突然被叮嘱一番的沈余，默默扶额。脆弱的姐妹之情，竟然比不过一顿饭！

临出门吃晚饭之际，沈余突然想起一个问题，“我们要喊一下姜蔓冬吗？”

胡晶晶摸了摸下巴，“行吧。不过我没有她的联系方式，你有吗？发个消息问一下。”

“呃，没有……”沈余默默将目光投向没表态的谢甜甜。

“别看我，我也没有啊。”谢甜甜举手投降。

三人面面相觑，最后胡晶晶拍板：“那就先算了。”

等到了食堂四楼包厢，她们仨意外发现新室友竟然也在场，坐在徐莫与寇北中间的位置，一群人正在聊天，气氛还挺愉快。

不过有一个人例外，那就是一直低头给沈余发信息的言峥。

见到沈余她们几个出现，置身事外的言峥第一时间起身。与此同时，瞿思远也站了起来。场上三个空座椅是连在一起的，两头分别是言峥和瞿思远。沈余和言峥是男女朋友，而瞿思远同学看着胡晶晶的眼神热烈到只要不是傻子都能看得出来，所以当男生们绅士地替她们拉开椅子时，谢甜甜同学非常识趣地在两位室友中间落座。

沈余等人入座后，主动和姜蔓冬打了个招呼。姜蔓冬微笑以示回应，相比之前与男生们的畅聊，倒显得有几分冷淡。不过沈余压根没空操心旁人，因为下一秒，她垂在桌底下的左手就被人握住了。她用余光看了看旁侧面色如常的男朋友，偷偷挣扎了一下，没能挣脱。

言峥满意地勾了勾唇，温声细语道："想喝什么？"

沈余察觉众人投过来的目光，莫名有些心虚："都可以。"

"橙汁，谢谢。"言峥将沈余的空杯子放上玻璃转盘，转到瞿思远面前。

刚刚为身旁的两位女生服务完的瞿思远，听到言峥的话，挑了挑眉。虽然猜不透言峥的葫芦里卖的什么药，但他还是依言将果汁倒好。

一旁的沈余本以为言峥会在替自己倒饮料的时候松开手，谁知道言峥操作猛如虎，直接把她惊呆了。她一直觉得自己脸皮挺厚的，现在才发现自己在言峥面前简直就是小儿科啊……

姜蔓冬坐在沈余斜对面，将沈余脸上的娇羞收入眼底，略猜到一二，心情顿时有些低沉。

徐莫不忍心见她难过，于是连忙转移话题："胡晶晶、谢甜甜，你们国庆这几天有去哪里游玩吗？有没有遇到什么好玩的事情？瞿大说他去澳大利亚玩，结果被袋鼠踢了。"

徐莫的心态很是矛盾。他一方面乐于见到言峥和沈余在一起，另一方面又因为看见姜蔓冬不开心，而不太待见沈余。所以此番，他主动忽略沈余。

"游戏不好玩还是偶像剧不好看？国庆出门堵死……所以我选择在家把游戏账号玩到了全服前三。"

寇北竖起大拇指："谢甜甜，哥哥我墙都不扶就服你！"

谢甜甜抱拳："客气。"

胡晶晶则在听说瞿思远去了澳大利亚后，露出了惊讶的表情："我国庆也去澳大利亚玩了，你是不是四号那天在袋鼠岛被踢的……"

瞿思远忽然有了不好的预感："你怎么知道？"

"……敢情我那天撞见的那个被袋鼠踢了一脚的中国小伙子是你啊？"胡晶晶深表同情地拍了拍瞿思远的肩膀。

"哈哈哈哈，你们俩也太有缘了！要不在一起吧哈哈哈哈哈……"寇北笑得前俯后仰，整个包厢都飘荡着他的笑声。

就在胡晶晶等人一起闲聊时，沈余收到了言峥发来的短信。

我家阿峥："小鱼儿，我长得很见不得光吗？"

沈余飞快地瞅了某人一眼，赶紧单手回消息："当然不是！"

我家阿峥："那你紧张什么？"

沈余："我才没有紧张……"

我家阿峥："哦，那你的表情可不可以不要这么的……视死如归？"

沈余："……"

我家阿峥："不然，我会误会自己是个强抢民女的恶霸。"

沈余："……"

自打两人在一起后，每次与言峥比脸皮的厚度，她都甘拜下风！

当场上众人就澳大利亚袋鼠的凶残度进行了一番热烈的讨论之后，寇北猛地想起一件很重要的事情……

“阿峥，你国庆都干了什么？为什么突然要请大家吃饭啊？难道是国庆期间买彩票中大奖了？”

寇北的问题一出口，立即收到了来自四面八方唾弃的目光。他摸了摸脑门，回想了一下自己的问题，没觉得有什么不妥当啊。不过，下一秒他就知道自己问错了。

因为，言峥用非常平淡的语气回了五个字：“谈了场恋爱。”

“……”

言峥大方地举起自己和沈余交握在一起的手：“虽然大家都认识，但还是正式跟大家介绍一下，我是沈余的男朋友，言峥。”

“……”妈呀！谈恋爱的人都这么可怕的吗？虽然那天晚上言峥自称沈余家属的时候已经被打了预防针，但是言峥此番一开口依然要命啊！他们表示已经被狗粮噎住了喉咙！

而身为当事人之一的沈余早就因为言峥的话，害羞地红了脸颊，就差把脑袋藏到桌底下去了。

姜蔓冬看到这一幕，借口去了洗手间。

明知道不该来赴约，却还是来了。以为多看喜欢的人一眼，就知足了。谁曾想，看过之后，还是想要拥有……人啊，真是贪心的动物。

徐莫见姜蔓冬离席，想追出去，又怕太明显，只好煎熬地等着。

不过姜蔓冬的离场，并没有影响包厢里的氛围。

这一桌相当丰盛的佳肴，就连谢甜甜这个吃货都有点吃不下了。看着言峥和瞿思远默默为身旁的两位女生夹菜，谢甜甜朝寇北举杯："来，敬两只单身狗。"

寇北这个二货，听了谢甜甜的话，扫了眼周围的几个室友，"各位单身狗，举杯啊，还愣着干吗？"

谢甜甜对他的迟钝佩服得五体投地："……寇二同学，我先干为敬，你随意。"

"……"寇北一脸茫然，总觉得自己好像被对方嫌弃了。

等姜蔓冬整理好情绪回到饭桌，徐莫发现她的眼角微微泛红。如果没有仔细观察，基本看不出来。他又是心疼又是无奈，下意识又把这一切不满加到了沈余身上。他觉得如果沈余没出现，局面就不会是现在这样，姜蔓冬也就不会这么伤心了……

沈余何其无辜，但人心都是偏的。所以，沈余就这么在不知情的情况下，被徐莫厌恶上了。

晚饭快结束的时候，瞿思远忽然旧事重提："上次晶晶曾问我，两个寝室要不要一起出去玩，不过当时大家时间不凑巧没约起来。不知下个周末大家有没有空？"

胡晶晶、谢甜甜以及寇北都表示可以。言峥没有第一时间响应，而是看向了沈余："你想参加吗？"

沈余点头："好啊，我要先问下学生能不能把家教的时间调整一下。”

言峥给出回答：“那我们俩先待定。”

一旁的徐莫则比较关注姜蔓冬的答案：“蔓冬，你去吗？”

姜蔓冬故作随意道：“看大家。你们如果都参加，那就算上我一个。”

徐莫不再掩藏自己的喜欢：“蔓冬参加的话，我也参加。”

沈余见状，不由多看了徐莫几眼。她就算再迟钝，这下也看出了端倪。原来徐莫喜欢姜蔓冬啊……难怪她觉得徐莫今晚似乎不怎么待见自己……

只是，不被人待见这种事，从来就不是沈余忧心的事。从小到大不喜欢她的人海了去了，她要是为这种事烦心，可能早就烦死了。

合得来则聚，合不来则散。人生莫不如是。

3

两个寝室的首次集体出游计划，最终确定了下来，八个人全部参加。

集合这天早上，沈余寝室四个人难得一齐出动去食堂吃早饭。沈余坐下来吃了几口稀饭，就忍不住皱起了秀眉，下意识朝四周来回看了几圈，最后郁闷地收回了目光。

胡晶晶见她这副模样，不由得问道："怎么了？"

沈余微微抿了抿唇，然后说出自己的猜测："我总觉得刚才好像有人在鬼鬼祟祟地偷看我们……"

最近这段时间，她老有种被人盯上的错觉。不对，确切地说，应该是从她丢了第一封情书算起。

胡晶晶完全没这感觉，听了沈余的话四下看了几眼："没见到什么可疑人物啊？会不会是看错了？"

谢甜甜刚才也没察觉不对，想了一会儿，问道："你最近有没有得罪过什么人？"

沈余瞪了她一眼："我轻易不记仇，一般有仇都当场报了。"

胡晶晶被她的反应逗乐："会不会是你的暗恋对象之类的？"

谢甜甜想了想说："也有可能是言峥的迷妹们？自打你跟言峥在一起后，论坛上新冒出来好几篇帖子赌你们俩什么时候分手……"

"……"沈余第一次听到这类帖子的事情，当场一脸黑线。

胡晶晶见状，贴心地转移话题："少女，你是不是例假快来了？"

"这两者有什么关系？"

"据说例假快要来的那几天女性会变得脾气暴躁、抑郁、神经兮兮……"胡晶晶说得头头是道。

"可我好像后天才来……"

“那也没差几天，可能就是这个缘故，别瞎想了。”

“可是……”沈余觉得重点不对啊。不过，她刚开口说了两个字就被人打断了——

“能不能麻烦你们快点，马上八点了。”一直没有开口的姜蔓冬此时已经吃完了早餐，高傲的脸上露出几丝不耐。这句话听起来像是对三个人说的，可她的目光却只望着沈余。

虽然同寝室的时间比较短，但是身为人精的胡晶晶早就发觉姜蔓冬对言峥的情愫以及对沈余的敌意。此刻听到姜蔓冬的话，胡晶晶忍不住想回呛一声，谁知还没开口就被沈余悄悄拉住了衣角。

沈余看着姜蔓冬，友好地提出解决方案：“要不这样，小姐姐你先过去？我们大家八点直接在东大门集合？”

姜蔓冬没再出声，而是起身背起自己的包，将餐盘端到回收点后，径自出了食堂。

胡晶晶看着姜蔓冬的背影，撇了撇嘴，没再吭声。因为这个插曲，气氛不复先前热烈，仨人继续边吃早餐边小聊了几句就撤了。

沈余等人准时抵达集合点的时候，其他人已经提前到了。秋日金灿灿的阳光铺洒下来，落在那一群外形出色的年轻人身上，让人移不开眼。

沈余看到言峥的身影，脸上的笑容就没有停过。此时，言峥正背对着她的方向，她忽然快步跑过去，踮起脚尖，伸手一把捂住他的眼睛：“阿峥，快猜猜我是谁！”

言峥不动声色地站在原地："猜对有奖励吗？"

沈余脆生生地应了声："有！"

"什么奖励？"

沈余正想说奖励，突然反应过来不对："你还没猜呢！"

"小鱼儿……"言峥语气里的笑意终于隐藏不住。

"错！我不是小鱼儿，我是你的小可爱呀！"沈余说完，不等言峥反应，自己先不好意思地捂着嘴笑了起来。

言峥转过身去，只见她扎着简单的马尾站在阳光下，弯弯的眉眼里闪着光。他伸手揉了揉她的头，眉眼里全是温柔笑意。

旁边的同伴们看到这一幕，纷纷化身酸柠檬：

"猝不及防被喂了满嘴狗粮，心疼地抱住瘦瘦的自己……"

"早上不应该吃饭，吃狗粮就好了，还能省点钱……"

"宝宝心里苦，可是宝宝不说……"

"……"

言峥难得没制止，眉目含笑，任凭众人调侃。

所有人里，唯独姜蔓冬既没说话也没笑。这阵子，她终于发现，原来再高冷的人也会有融化的一天啊。从前一直没发现，不过是因为，她不是那个人罢了。

可是，依旧不甘心啊……

那个人，到底哪里比她好？

一行人决定打车直接前往目的地。

原先的安排是，男女生各坐一辆车。但上车前，姜蔓冬忽然私下拉了拉徐莫的衣袖：“我能不能和你们坐一块？我和她们……”

未尽的言语总是容易引人遐想。徐莫第一反应就是，姜蔓冬被室友们欺负了。毕竟，女生寝室不合的传言太多了。所以，他一口应下：“当然可以。”

徐莫让姜蔓冬先上车，然后转头看向言峥：“我们四个坐一辆太挤了，不如蔓冬和我们一起坐，阿峥你和你女朋友一辆吧？”

言峥平静地看了他一眼，点头道：“好。”

当言峥坐进沈余她们那辆出租车副驾驶时，已经坐好的沈余等人明显愣了愣。

胡晶晶笑着开口调侃：“言峥同学，没看出来呀，这半小时不到的分离都忍不了啦？啧，恋爱中的人啊……”

言峥挑眉：“怎么？不欢迎？”

“不欢迎！”谢甜甜心直口快，“刚才已经被狗粮喂饱了。”

沈余坐在后排中间位置，听到两位室友的取笑，忍不住用手肘顶了顶她们，“你俩够了啊，一人一支冰激凌！”

沈余话音刚落，两位室友已经分别挽住了她的胳膊：“俗气！我们的姐妹之情怎么能用冰激凌来衡量呢！”

“两支，不能再多了！”

“我要香草味和原味的。”

“我要巧克力味和草莓味的。”

“……”沈余痛心疾首，姐妹之情竟然比不上冰激凌！

言峥听着后座传来的对话，摇头失笑，同时又默默为沈余如今的转变而开心。当年那个将自己裹在浑身刺里的仙人掌女孩，如今也学会敞开心扉主动去拥抱生活里的阳光和爱了。

后座的女生们笑闹了一会儿，胡晶晶想起一件事：“言峥，你们几个和姜蔓冬以前很熟吗？”

胡晶晶总觉得言峥之所以坐在这辆车，是因为姜蔓冬不想和她们几个坐一块。

“高中时参加奥赛认识的。”言峥如实道。

“怪不得……”胡晶晶恍然大悟，原来是老熟人。她不再继续这个话题，而是说起沈余在寝室的趣事，“诶，你知不知道你家沈余多逗？这阵子寝室里老有蚊子跑进来，然后你知道她干了一件什么事情吗？”

“嗯？”

“她在寝室里养了一盆植物，知道是什么植物吗？”

“……猪笼草？”

“对！”胡晶晶和谢甜甜每次一想起这件事就忍不住哈哈大笑，就连司机大哥在听了她们的对话之后，也笑了起来。

言峥在猜对答案后，敬佩地看了自家小青梅一眼。

“……”沈余默默捂脸。这俩叛徒，还能不能愉快当姐妹了？一开口把她的底都漏光了！以后她和言峥结婚，她们估计得坐到男方亲友的席上去吧……

噢，她好像想得有点远……沈余觉得自己的脸好像有点发烫……

就在她快把头埋到膝盖的时候，手机振动了一下。她点开，看到自家男朋友发来的一条消息——

“优秀，不愧是我的小可爱。”

沈余没有回复，而是心虚般迅速将手机收了起来，唯有越来越红的脸颊透露了她的心情。

北城的秋季，正是赏枫叶的好时节。

两车相继抵达目的地的时候，景点门口除了周末出游的本地人，还有许多慕名而来的游客。

一群年轻人跟着人流慢慢往上走。寇北走在胡晶晶的后面，仿佛发现新大陆般叫了起来：“晶晶大美女，你怎么穿着高跟鞋爬山？梁静茹给你的勇气吗？哈哈哈。”

胡晶晶霸气道：“高跟鞋怎么了？姐穿高跟鞋照样登顶。”

“真不知道你们女生脑子怎么想的……”

胡晶晶睨了他一眼：“那就别浪费时间去想。因为就你这榆木脑袋，再过几年应该也想不明白。”

“……”寇北语塞。

一旁的瞿思远同情地拍了拍他的肩膀，“兄弟，你知道你为什么没有女孩子喜欢了吗？”

“为什么？”寇北虚心求教。

谢甜甜好心解答：“因为狗嘴吐不出象牙。”

沈余和言峥手牵着手走在最后面，见寇北吃瘪的样子，顿时不厚道地笑出声来。她摇晃着和言峥彼此交握的十指，感慨道：“阿峥，我发现我好幸运，认识了这么多可爱又有趣的朋友。”

旁人或许不懂沈余口中的幸运是指什么，言峥却再明白不过了。他伸出空余的那只手温柔地摸了摸她的头：“那是因为你本身既可爱又有趣啊。”

山风吹起他的黑发，他就那么站在满目斑斓的秋色里，清俊的眉眼里带着笑，满满的深情。然后，沈余发现自己的小心脏又开始扑通扑通跳个不停了。

不过，这种情侣虐狗的画面，总会引起一些不适，特别是周围的同伴都是单身狗的情况下。因此沈余还什么都没说呢，前方就响起了一连串的调侃——

“柠檬树上柠檬果，柠檬树下你和我。”

“柠檬树前吃柠檬，嫉妒多又多。”

沈余被这群家伙打败：“……阿峥，我要收回我刚才的话！”

前方又传来异口同声的抢答：“欢迎来到柠檬树乐园！”

“……我们去买冰激凌。”沈余拉着言峥赶紧往不远处的小店跑去。

看着沈余拉着言峥飞跑的样子，身后的年轻男女笑成了一片。

恣意张扬的笑声吸引了无数侧目，看着这些青春飞扬的脸庞，人们不由露出了然的笑意。年轻真好啊。

过了一会儿，沈余和言峥拎着一袋冰激凌回到队伍。她先把胡晶晶和谢甜甜的那两份分出去，然后将手中的袋子递到姜蔓冬面前："你喜欢什么口味？"

"不用，谢谢。"姜蔓冬没看她手中的袋子，而是径自朝商店走去。

"我也不用，谢谢。"徐莫拒绝之后，立即跟上姜蔓冬的步伐。

姜蔓冬在拒绝沈余之后，自己花钱在商店买了支冰激凌。徐莫则买了瓶冷饮。

沈余看到这一幕，摸了摸鼻子，有点尴尬。言峥走上前，揽住她的肩，无声安慰。这时候，寇北和瞿思远凑了过来，嬉皮笑脸分走了几支。

最后剩下两支冰激凌，沈余递了一支给言峥，然后拿起剩下的最后一支冰激凌，低头舔了一口，慢悠悠品尝了起来。

可是很快沈余就察觉不太对，因为言峥一直盯着她看，搞得她有些心虚。

她舔了舔嘴角，问："我脸上有脏东西吗？"

言峥摇头，依旧专注地看着她。

"那你干吗一直盯着我看……"自打两人坦白心意在一起之后，他每次用这种目光看着自己时，沈余都觉得心头的小鹿在四处乱撞。

“化了。”言峥蓦地开口。沈余还没反应过来，他已经低下头，就着她的手，轻咬了一口冰激凌。

“呃……”沈余还是第一次和异性分享冰激凌，顿时不自在地手脚都不知道如何摆放，“你、你怎么不吃你自己的……”

言峥目光灼灼地看着她，答非所问：“我发现当冰激凌也挺好的。”

“啊？”沈余不解地看着他。

“因为被你捧在手里，你亲亲我，我就化了。”

沈余的脸轰的一下就红了。

烂漫的枫叶，微微融化的冰激凌，女孩害羞泛红的脸颊以及男孩脸上宠溺的笑，都成了这秋日画卷里最美的景色。

不远处，姜蔓冬默默注视着这一幕，握着冰激凌的手不自觉捏紧，就连融化的冰激凌滴落在手背上都不自知。

“蔓冬，别看了。”徐莫心疼地掏出纸巾递给她，“放弃吧。”

“不用你管。”姜蔓冬面无表情地接过纸巾擦干净手背，然后走到垃圾箱旁将冰激凌丢了进去。她一点都不喜欢冰激凌。

徐莫叹了口气，不再劝说。都说当局者迷，可是这个当局者心里比谁都清楚。

上山的道路有好几条，不同的路线可以看见不同的风景。到了岔路口，一群人分成了四个小团体。瞿思远和胡晶晶一路，徐莫第一次强硬地拉着姜蔓冬去了不同的路线，言峥和沈余选择了原路继续往上走。谢甜甜则很有眼色地拽着白目的寇北帮自己在原地拍照，等到大家都走远，她才喊寇北继续前行。

分开前，众人约好了在山顶集合。可当沈余和言峥一起离开半山腰的赏枫亭继续往上走了半个多小时后，沈余突然觉得肚子不太对劲。那种熟悉的小腹坠痛感，让她生出一种不好的预感。她连忙跟言峥说了一声，直奔洗手间。

无论在哪，女洗手间似乎永远都要排队。沈余只好一边排队一边先给在外头等候的言峥发了条消息，让他等自己一会儿。

然而，十分钟之后，蹲在洗手间里的沈余看着裤子上浅浅的血迹，整张脸顿时垮了下来。

这年头出门在外，悲剧的是什么？是例假提前光顾，你却没带卫生巾啊！更惨的是，这个地方前不着村后不着店，有钱也买不到卫生巾！

沈余哭丧着脸蹲在洗手间里，开始给言峥发短信。

“阿峥……”这么难以启齿的事情，沈余觉得自己实在开不了口啊！

“怎么了？”在外等候的言峥一看到短信，秒回。

沈余硬着头皮回复短信：“我现在遭遇了人生最大的滑铁卢……”

言峥依旧是秒回：“发生了什么事？别怕，我来解决。”

沈余看到短信，心头一暖，不过她还是觉得不知如何启齿。对着回复框删删改改好一会儿，她猛地想起一件往事。当年她来初潮却不自知，最后也是言峥帮的忙……他不仅帮她买卫生巾，还教她看说明书……既然是历史重演，一回生二回熟，她决定豁出去了。

“我提前来例假了，没带卫生巾……”

洗手间外等候的言峥，看完沈余发的内容，顿时红了耳根。

“稍等，我来想办法。”他回复完消息，冷静思考了一下，否定了去半山腰的景区购买所需物品的方案。

因为一来一回，时间就要花去很久。再者，万一没有呢？

洗手间外头，有女孩走出来，言峥当下迈开步伐走过去：“您好，我女朋友在洗手间里遇到一点麻烦，能不能请您帮个忙？”

“哦，可以啊。”

“谢谢您。是这样的，我女朋友例假突然提前，身上没带女性生理用品，想请问下您这边有女性生理用品吗？我花钱向您购买……”

女生第一次遇到这种事，红着脸小声道：“虽然我很想帮忙，但是不好意思啊，我没带……”

“打扰了，还是非常感谢。”

言峥在将附近能遇到的女性游客都询问了一圈之后，终于遇到了一位能帮得上忙的女游客。女游客是个在读大学生，听了言峥的求助后，明确拒绝了言峥给的钱，然后热心地将自己身上携带的卫生巾送到了洗手间。

女游客走进洗手间的同时，沈余收到了言峥发来的一条新消息。她看完言峥发来的短信内容，就听到外头有个陌生的女声在喊："沈余、沈余，请问你在哪个位置？"

"我在这……"沈余一听救兵来了，赶紧应声。

紧接着，门底下递进来两片卫生巾。

沈余连忙接过："谢谢！"

"不客气。"女游客顿了顿，临走前又笑着补充了一句，"你男朋友在外头等你。"

沈余连忙速战速决，搞定一切后，洗了手，拖着发麻的腿去找自己的男朋友。

言峥时刻关注着门口的动静，一见沈余出现，立即大跨步来到她面前。看见她苦着一张小脸，他连忙扶住她，紧张追问："是不是肚子不舒服？"

沈余见他关心的样子，莫名就觉得委屈："蹲太久，脚麻了……"

言峥直接弯腰一个公主抱将她抱了起来，随后朝附近的石椅走去。他本想将她放在石椅上，又想到石椅太冰凉便放弃了这个念头，直接将她拥在怀里："先休息一会儿，等你好些，我们直接下山？"

沈余原本躲在他怀里装鸵鸟，听到他的话不由啊了一声，抬起头来，“不是约好山顶集合？提前走会不会不太好……”

“身体最重要，我来跟大家说。”

“哦……”

出游之前，瞿思远拉了一个八个人的QQ群。

言峥点开QQ群，在里面发了条消息——

“抱歉，我们这边临时出了点状况，可能得先行离开。希望大家今天玩得开心，下次再约。”

言峥发完消息将群里其他六人都“艾特”了一遍。很快，被“艾特”的人纷纷现身：

“阿峥，你们那边出了什么事？严重吗？需不需要帮忙？”

“阿峥，你那边怎么了？”

“阿峥，你在哪？我们直接过来找你。”

“沈余身体有点不适，我先陪她下山返校。你们继续玩，不用管我们，回头学校见。”

“好，你们自己回程路上多注意安全。”

徐莫一看是因为沈余，顿时有些不爽：“怎么出来玩一趟，就沈余事儿这么多，太扫兴了……”

胡晶晶和谢甜甜两人立马炸毛，十分有默契地艾特了徐莫——

“请你做个人吧！”

“请你做个人吧！”

徐莫没有再在QQ群里吱声，瞿思远出面圆了下场，然后群里再次恢复安静。而徐莫之所以没吭声，是因为私下收到言峥发的消息——

“徐莫，你有权利讨厌任何一个人，但请你先学会尊重别人。”

徐莫看到这条消息的时候，非常不爽地对站在自己身旁的姜蔓冬吐槽：“沈余简直是个扫把星！她一出现，言峥就好像变了一个人……”

姜蔓冬任凭秋风吹乱额前的秀发，声音透着冷静：“你才发现吗？在言峥眼里，沈余比我们几个加起来都重要。”

徐莫爆了句粗口，无话可说，因为姜蔓冬说得是事实。

与此同时，沈余看完QQ群的聊天内容，又点开胡晶晶和谢甜甜两人私下发的慰问消息，微微笑了起来。

言峥担心她因为徐莫的话伤心，安慰道：“不要理会徐莫的话。”

“嗯，我知道。”沈余抬头直视言峥，眼睛里闪着光，“这世上有人喜欢我，就一定会有人讨厌我。可是，只要我喜欢的那个人不讨厌我就好啦。至于其他人的讨厌与喜欢，对我来说，并不重要。”

言峥笑了起来，低头在她额头留下一个吻。

回去的路上，两人不知怎的聊起了回江城的事情。

“你买了什么时候的票？”言峥问道。

“十一月七日中午十二点半。”

言峥点点头，没再多说其他。沈余以为他还介意这件事，也就不再主动提起这个话题。

转眼，到了回江城那天。

沈余在寝室楼下见到背着包的言峥，才知道言峥买了同一班的车票陪她一起回去……

那些藏在心底只有自己知道的忐忑与不安，在见到言峥的那一刻，消失得无影无踪。

呐，你有没有遇到一个人？只要看见他，甚至只是听到他的声音，你就会觉得莫名心安？

很幸运，我有。

第六章

甜蜜

■□■ 1

沈余被言峥一路牵进家门的时候，脑袋都还处于发蒙状态。

她觉得今天江城下的雨可能都跑她脑子里去了！要不然，她咋就答应言峥来他家住了咧？明明她一开始是打算住酒店的啊！

言家以前和沈家在同一栋职工楼对门。如今，早已经搬离了以前的小区，换了一套地段更优更加宽敞明亮的四居室。

夏明月正在厨房忙活，听到门口的动静，连忙熄了火从厨房走了出来。言峥之前跟她打过招呼，说沈余会来，所以她有心理准备。但是时隔两年，乍然见到眼前这个长得亭亭玉立的女孩，她还是愣住了。

“言妈妈，好久不见，我回来啦。”看到夏明月的时候，沈余一下子红了眼眶。在她成长的岁月里，温柔慈爱的夏明月比徐丽更像她的妈妈。夏明月不仅会主动关心她的生活和学习，还常常煮一堆她爱吃的菜，然后找各种理由喊她过去吃饭。

“回来就好，回来就好。”夏明月回过神来，快步上前抱了抱眼前的女孩，“来，让言妈妈好好看看你。嗯，我们家小余长高了，也出落得更漂亮了！听小峥说你也考上了北城大学？言妈妈就知道你是最优秀的！”

沈余听到夸奖，顿时有些羞赧：“我是吊车尾考上的，厉害的是言峥，开学典礼上他还作为新生代表上台发言呢。”

一直没有插话的言峥，听到沈余的夸奖，朝她微微挑了挑眉。沈余则眼观鼻鼻观心，假装没看见他眼里的戏谑。

夏明月倒是没留意到自家儿子的举动，听了沈余的话，斜睨了自家儿子一眼：“他呀，也就学习能拿得出手，脾气臭得不行，不知道到底像谁。你都不知道当时高考结束，他们父子俩……”

“妈，”言峥忽然出声打断夏明月的话，“晚饭都煮了什么好吃的？我爸什么时候回来？叙旧等饭后，你现在再说下去，我们俩就要被饿死了。”

“哎！我差点忘了，还有一道糖醋鱼没好！小峥，你先带小余去房间休息，然后再给你爸打个电话看看什么情况。”夏明月交代完，就赶紧回厨房了。

夏明月一走，言峥就再次牵住了沈余的手。刚才一进门，沈余就挣脱了他的手，他心里还有点不开心。但是后来听到她的夸赞，他就释怀了。

沈余被言峥牵住手，下意识要挣脱，但是对上言峥紧蹙的眉头，又有些不忍心。她有些心虚地朝厨房的方向瞅了瞅，在确定言妈妈不会发现后才放弃了挣扎。

言峥被她的反应气笑，拉着她进了客房，立即对她来了个“壁咚”——

“我长得很见不得光？”

“谁说的！我男朋友颜值超高好吗！”沈余讨好地搂住某人的脖子，“我这不是怕吓到长辈嘛。所以那什么，为了长辈们的小心脏，我们这两天能不能保持一定的友好距离？”

“友好距离？”言峥倾身靠近她，低沉的声音里透着几丝危险的气息，“这样的？”

男性充满诱惑的温热的呼吸在耳畔萦绕，沈余脸上一阵燥热，想要让他别生气，结果刚偏过头，他也正好侧过脸来，两唇相碰……她瞪圆眼睛傻在原地，大脑一片空白，想要说的话忘了个精光。

言峥眸光微暗，扣住她的后脑勺，顺势加深了这个吻。沈余沦陷在他温柔又炙热的吻里，连同那颗心。

小小的卧室里，只有急促的呼吸在蔓延。过了许久，言峥意犹未尽地结束这个吻。他看着怀中眉生花眼生水的小青梅，伸手捏了捏她的鼻子：“小骗子……”

沈余脸红心跳，底气不足：“你、你在家里别随便亲我，要不然……”

“要不然？”

“我就不理你了……”

“小鱼儿，没听过礼尚往来吗？”

沈余听到他低低的笑声，害羞得眼神无处安放，索性直接将自己的脑袋埋进他怀里，控诉道：“你别说话，我每次都说不过你……别人的男朋友都会让着女朋友，就你只会欺负我……”

言峥抱着她，诚恳地认错：“我错了，那下次我不说话，直接躺平任你欺负？”

“哼！”沈余羞愤地伸手掐了下他的腰！这天简直聊不下去啊！这家伙不正经起来，真的太让人招架不住了……

此时，夏明月的叫唤声从外头传了进来——

“小峥，电话打了吗？你爸怎么说？回来吃晚饭吗？”

言峥扬声回答夏明月：“我爸电话刚才没打通，我现在再试试。”

沈余听见他睁眼说瞎话，连忙抬起头，再一看他面不改色的样子，立马露出敬佩的目光。她伸手推开他，压低声音：“你快去打电话。”

言峥决定不再逗自己的小青梅，顺势放开她，拿起手机给父亲打电话。

沈余趁着他打电话的间隙，打开房门溜了出去。她跑到洗手间，一照镜子，顿时无声哀号。她现在这模样，若是被言妈妈这样的过来人看见，肯定会被发现端倪的！她连忙打开水龙头，用冷水洗了把脸，然后鸵鸟般窝在洗手间冷静了五分钟，让自己恢复常态。

言峥坐在客厅沙发上，见她出来，朝她招了招手。

沈余扮了个鬼脸，跑去了厨房：“言妈妈，有没有什么我能帮得上忙的？”

夏明月正在做糖醋鱼的汤汁，见她进来，立即笑眯眯地让她去外头休息，“小孩子帮什么忙，等会儿多吃几碗饭就行。你先去客厅看电视，吃点水果零食垫垫肚子。”

“哈哈，我搬家后可想念言妈妈你的厨艺啦，今晚一定多吃两碗饭！”

“好了，快去外头玩，你在这里容易影响言妈妈发挥。”夏明月开始赶人。

“Yes，Madam！”沈余笑嘻嘻地敬了个礼，转身离开了厨房。

客厅里，言峥正拿着遥控器切换电视频道，其中有一台正在播放怀旧动画片《奥特曼》。

“哎，等等，我们看动画片吧。”沈余看到一闪而过的画面，连忙让言峥把频道调回去，并在言峥身旁坐下，“没想到现在电视台还播这个啊。你还记不记得有一集是讲河童可以变成小朋友的？小朋友下池塘游泳，上岸后肚脐就没了……我那阵子可害怕了……每天晚上都担心自己一觉醒来肚脐没了……”

言峥听她说起童年往事，点点头，同时将手中剥好的橘子递给她：“我还记得某天放学，你非常大方地把口袋里唯一的糖果塞给我，问了我一个问题，能不能打得过小怪兽。”

沈余接过橘子，也想起自己当年那个愚蠢的问题，忍了忍，没忍住，笑了起来。缓了缓，她努力敛了敛笑容，用当年的口吻道：“言峥哥哥，我先付定金，等你把小怪兽打跑，我再付你尾款，两颗糖！”

“小怪兽在哪？”

“我梦里。”

两人模仿着当年的一问一答，最后不约而同笑出了声。

沈余发现，其实成长还有一个好处。那就是从前恐惧的噩梦，如今重忆，没有害怕，只有美好

厨房里，夏明月搞定糖醋鱼，又开始催言峥——

“小峥，你电话打了吗？你爸刚才怎么说的？”

“在回来的路上，预计十分钟内回到。”

“哦。”夏明月转身回了厨房，打开煲好的汤，开始往里添加调料。

言峥见母亲离开，将目光转向沈余：“今天好像是你第一次在我妈面前夸我？”

“是吗？”沈余被他问住，回想了一下，自己以前确实没怎么夸过，“原来你以前在我心里的印象这么差，想不想知道你现在在我心中的地位？”

“嗯？”言峥看着她狡黠的笑容，很有自信地说了四个字：“无可取代。”

“你脸皮还可以再厚一点吗？”

“可以。”言峥倾身靠近她。

沈余吓得立即捂住脸，言峥被她的反应逗乐，“你捂脸干吗？怕我亲你？”

沈余从手指缝里偷偷去看他，见他刚才是在开玩笑，这才将手拿下来，不过还是默默往旁边移了移：“才、没、有。”

言峥看着她红扑扑的脸颊，轻笑道：“我以前怎么没发现我的小青梅是个这么容易害羞的人。”

“我以前也没发现高冷的竹马哥哥这么不正经……现在退货还来得及吗？”

“晚了。货既售出，概不退换。”他长臂一勾，将她圈在了怀里。沈余吓得直拍他的手臂，“你快放开我，注意影响……”

“不放。”

“……”沈余无奈之下，只好一边挣扎一边使出撒手锏，扯开嗓门大喊，“言妈妈，小峥欺负我……”

果不其然，厨房里立即传来夏明月的呵斥——

“小峥，你都多大的人了！怎么还欺负小余？从小到大就知道欺负妹妹……”

夏明月的声音由远及近，言峥放开沈余，用口型说了三个字点评她的行为：“胆小鬼。”

沈余没生气，还朝他露出胜利的手势。

夏明月从厨房走出来，点名自家儿子：“小峥，过来一起端菜，免得你私底下老是欺负小余。”

言峥看了眼唇角眉梢都挂着得逞笑意的某人，摊手，认命地从沙发上起身。

“我也来帮忙。”沈余主动起身跟上。

三人一起将饭菜上了桌，言桐书正好回到家。言桐书见到沈余，免不了一番感慨。

集体入座后，言峥提议大家碰个杯。夏明月调侃自家儿子：“看来上大学还是有好处的，比以前稍微懂事了一些。不过你们俩还小，不许沾酒。”

沈余忍俊不禁，举起自己的饮料杯，真心实意地对两位长辈道：“祝言爸爸言妈妈身体健康，笑口常开，财源广进，万事胜意。”

“祝爸爸妈妈身体健康，笑口常开，财源广进，万事胜意。”

听到言峥的祝福语，沈余忍不住吐槽：“你也太没新意了吧？”

言峥理直气壮：“自己人不必见外。”

沈余：“……”

言氏夫妇看着两人斗嘴的样子，笑得一脸慈爱：“祝咱们家小余和小峥学业进步，平安喜乐。”

夏明月又补充了一句：“相亲相爱。”

“谢谢言爸爸言妈妈。”沈余脸颊发烫，有些心虚。

时隔两年，沈余重新感受了一回言氏夫妇的热情。晚饭开始没多久，她面前的空碗里就装满了两位长辈给她夹的菜。沈余又不好意思说，只好埋头苦吃。最后还是言峥看不下去，提醒自己的爸妈：“你们俩差不多得了，一口喂不出个胖子，考虑考虑身为你们儿子的我此时的心情。”

“臭小子，现在知道争宠了？晚了。”夏明月不放过任何嘲笑儿子的机会，“以前给你夹菜，你板着脸一言不发，好像我们俩欠你几千万一样。”

沈余在旁哈哈大笑，言峥瞥了她一眼，报复性地给她夹了块肥肉，“沈余妹妹，你太瘦了，多补补。”

“……”沈余瞬间苦了脸。因为，她这辈子最讨厌的就是肥肉。

晚饭在愉快的氛围里行到了尾声。言桐书突然想起一件事：“小余，你父母现在怎么样？我上次在江城见到一个人和你妈妈长得很像……”

夏明月不满地看向丈夫：“老头子，你怎么吃顿饭废话那么多……”

言桐书有些不好意思，笨拙地想要解释什么，一时又不知如何开口。

沈余脸上保持着笑容，故作轻松道：“搬家不到半年他们俩就离婚啦。我爸再婚，生了个儿子。至于我妈，我这次就是被她喊回来参加她的订婚宴的……”

沈余话音未落，言氏夫妇就愣住了。甚至就连言峥都没想到沈余家现在是这个情况，他伸手紧握住沈余藏在桌底下冰凉的手，望着她的眼里满是毫不掩饰的心疼。

气氛一时有些低沉，沈余看着他们关心的眉眼，连忙安慰道：“哎呀，没什么啦，我已经想开了。每个人都有自己的人生，我尊重他们的选择，而且我长大啦，不会再为此偷偷抹眼泪啦。”

沈余故作坚强的模样，惹得夏明月当场红了眼眶。她怜爱地摸了摸沈余的头，语重心长道：“小余，你很棒。这世上，人与人的缘分，有深有浅，就算伤心也没关系，因为那并不丢人。累了伤心了难过了，就回家里来，我们一直都在。以后在学校遇到事情就去找小峥，如果小峥敢欺负你，你就打电话告诉我们，我们帮你教训他。有空的话也要记得常回家看看，你今晚住的那个房间，是我们买了这个房子后，特意给你留的……”

夏明月温柔亲切的声音在这个夜晚徐徐荡开，融化了女孩自以为坚硬的心房。沈余只觉得眼眶发烫，有什么东西马上就要滚落。她连忙低下头去，重重点头：“嗯！”

晚饭过后，沈余接到了母亲徐丽的电话。

电话里，徐丽劈头就问：“明天打算穿什么衣服？”

沈余不解：“就平常的衣服啊。”

“我给你备了礼服！你明天到了先别进来，给我打电话。”

“……”沈余因为对方的嫌弃，微微皱起了秀眉，“不用了，我穿自己的衣服过去。”

徐丽语气尖锐：“就你那些地摊货能见人吗？”

“我又不是去选美，穿得整洁不就好了。”

“你丢得起那个人，我徐丽丢不起！明天到会所就给我打电话，我先带你去换衣服。”

“你要是嫌丢人，那我不去了吧？眼不见为净嘛。”

徐丽气得直骂：“死丫头！跟你爸一个臭德行，扶不上墙的烂泥……”

沈余没表态，平静地听她骂完，然后挂断了电话，顺便关了机。

言峥也没问她是谁的电话，而是提议道：“要不要去书房玩电脑？”

沈余点头：“我想玩斗地主。”

言峥好心建议：“需要军师吗？”

沈余不服：“你也太瞧不起我吧？”

言峥挑眉，没有多说。

三分钟后，沈余一局把系统赠送的欢乐豆输了个精光。

热心群众言峥同学看着小青梅沉痛的神情，立即询问：“还玩吗？我帮你充欢乐豆。”

“玩！”沈余打开QQ登录框，“你把QQ登一下，我借你的号玩。”

言峥没动手，而是念了一串账号和密码。

沈余也没动手，开玩笑道：“你不怕我盗你Q？”

“小鱼儿，我的就是你的，”言峥目光定定地看着她，“包括我自己。”

沈余对视了两秒就尿了。她小声嘀咕：“你肯定是偷偷买了情话大全之类的书，情话张口就来……”

言峥听到她的嘀咕，哑然失笑。

“来，重新念一遍账号和密码，我就不信这次还会输！”沈余豪言壮志。奈何几分钟之后，再次惨遭滑铁卢！

言峥一直在她身旁当个不吭声的围观群众，没提议上手帮忙玩游戏。因为他懂得，此刻的她需要一个宣泄情绪的口，所以在看到沈余失败后，他选择动手帮她充值欢乐豆。不过，还没完成充值步骤就被沈余义正词严阻止了。

“你是不是傻？注册新QQ就能重新获得欢乐豆，我们为什么要给资本主义薅羊毛？你把钱留着明天请我去小吃一条街从头吃到尾，我会更开心的。”

“还想来个急性肠胃炎？”

“往事不要再提，谢谢！”沈余伸出双手朝言峥做了个拒绝的手势，然后转过头去开始注册新的QQ号。

言峥看着她注册新账号，突然问道：“你以前那个QQ怎么不用了？”

“说出来不怕你笑话，我那时候不是把密码记在纸条上吗？后来不小心把那张纸条搞丢了，只好重新注册了一个QQ号。”

“……我当年给你发了很多QQ消息。”

“啊？”沈余吃了一惊。

“每一条都石沉大海。”言峥语气幽幽，与书房里轻快的背景音乐形成鲜明的对比，“那时候，我很担心你。可后来却意外发现你在和江江通信，我很生气。因为在你心中，江江的分量竟然比我重。重逢后，我以为你会第一时间解释不主动联络我的原因，结果你压根没提这件事……”

“……”沈余早已从椅子上站了起来，只是张了张唇，一时又不知该说什么，最后索性抱住眼前的人。

过了好一会儿，她隐约带着些哽咽的声音从他怀里闷闷地传出来：“阿峥，对不起，谢谢你。”

对不起，没能及时回应你的关心与担忧。谢谢你那么优秀还喜欢着我，甚至在连我都不喜欢我自己的情况下。

言峥轻轻拍了拍她的后背，等她情绪缓和之后，提了个霸道的要求：“新的 QQ 只能加我一个人。”

“好。”

他幼稚地补充了一句：“江江也不许加！”

沈余笑起来：“好。”

这一天，沈余的新 QQ 多了个好友，且是此 Q 唯一的好友。

她趁着言峥不注意，偷建了个矫情的分组，将言峥的 QQ 拉了进去。那个分组名称叫：这世界最讨厌的你。

这世上，我曾以为最讨厌的人，是我最爱的人呀。

■□■ 2

江城的深秋，阴雨绵绵。

沈余再三婉拒了言峥陪同的提议，独自打的前往徐丽女士举办订婚宴的私人会所。不过坐在车上，沈余怎么想都觉得今天的言峥不太对劲。她出门前，他一直欲言又止，还叮嘱她如果待得不自在就早点回家。她只是去参加订婚宴而已，怎么他的反应仿佛她去的不是订婚宴而是断头台？

会所门口，有穿着正装的宾客进场。沈余正准备进去，却被工作人员拦了下来，对方打量的目光落在沈余的着装上："抱歉，私人会所不对外开放。"

沈余站在原地，落落大方地任凭对方打量，"我是来参加订婚宴的。"

工作人员听到她的话，虽意外，但还是尽责道："请您出示请柬。"

沈余拿不出请柬，只好无奈地掏出手机给徐丽女士打电话。

电话响了几声被接通，徐丽的声音从那端传过来："女儿，你到哪了？知道怎么来吗？要不要妈妈让人来接你？"

沈余被徐丽女士故作亲昵的娇柔声惊出了一身鸡皮疙瘩："我在大门口，没请柬进不去。"

徐丽好声好气道："女儿你稍微等一下，妈妈现在马上下来。"

"嗯。"沈余挂了电话，摸了摸手臂，心想果然人生如戏全靠演技啊。就徐丽女士刚刚这个表现，绝对能拼个戛纳影后！她要是曝光徐丽女士的另一副嘴脸，绝不会有人相信。

沈余正准备收起手机，一条新短信弹了出来：“到了吗？”

沈余看到言峥发过来的消息，弯了弯眉眼，回了条消息过去：“到门口了。你别担心，我会尽快撤的。”

与此同时，有新的宾客抵达会所。

“你好，我们来参加裴正国先生和徐丽女士的订婚宴。”穿着正装的宾客将手中的请柬递过去。

“两位贵宾请随我来。”工作人员热情地领着来宾往会所里面走。

一旁的沈余听到“裴正国”三个字，猛地抬起头来。她几乎要怀疑是自己听错了。可当目光落在那一直被自己忽略的迎宾水牌上时，她的脸色唰地一下变得惨白。

因为那水牌上面，赫然写着两个名字：裴正国＆徐丽。

裴、正、国……

沈余紧紧盯着这个久违的名字，脸上犹如被人狠狠甩了两大耳光般火辣辣，又仿佛被人从头顶淋了一桶冰水，寒意从心口蔓延至四肢百骸，冷得牙齿止不住直打战。

她以为……她以为……在此之前她真的以为……

她怀着一颗真心来祝福自己的妈妈找到幸福，可是真相何其残忍……

阿峥当时极力阻止她来参加订婚宴，大概也是因为知道这丑陋的真相吧……

彼时，徐丽一身华贵装扮，笑容得体，款款而至。不过，当她看清沈余身上那毛衣加牛仔裤的打扮时，笑容有些僵硬。

这穿的什么乱七八糟的地摊货？她气得牙痒痒，在心里把沈余这个女儿臭骂了无数遍，面上却维持优雅的笑，做出母女情深的样子，快走到沈余身旁："你这孩子，怎么也不换上礼服再过来。走吧，妈妈先陪你去换衣服，然后再带你去跟你裴伯伯打招呼……"

徐丽边说边亲昵地拉起沈余的手，沈余却仿佛被脏东西碰到般厌恶地一把甩开她的手。

徐丽气得咬牙切齿，却迫于形势，只得极力将温柔伪装下去，"你这孩子脾气怎么这么大……"

沈余冷声打断对方的话："你的订婚对象是裴禹的爸爸？"

徐丽面露不悦，训斥道："沈余，你的教养呢？等下见面记得喊裴伯伯！"

这世上最残酷的不是期待落空，而是明知会落空却还心藏期待。沈余只觉得一颗心沉入冰冷的海底："为什么？"

"什么为什么……"徐丽皱眉，心里后悔万分。如果不是裴正国提了一句，她怎么可能会喊这个死丫头来参加订婚宴？简直就是自己给自己添堵！

沈余看出她的不耐烦，所有的隐忍瞬间爆发："妈，你怎么这么贱啊？这世上的男人都死绝了吗？为什么非得和裴正国在一起？为什么非得当破坏别人家庭的第三者？你这样会遭报应的！"

顿时，所有人的目光都在这一瞬汇聚，一向好面子的徐丽被戳到痛脚，气得面容都扭曲了。

“闭嘴！”她抬手就往沈余脸上招呼。

沈余没有避让，直挺挺地站在原地，掌风带着刺骨的寒意扑面而来。可是，想象中的疼痛却没有落下。

旁侧有人迅速伸手扣住了徐丽的手腕，紧接着，沈余听到耳畔响起一道略显熟悉的男声——

“徐、阿、姨。”

沈余蓦地看向来人，映入眼帘的是一身燕尾服的裴禹。两年时光，当年外表温和迷倒无数少女的校园白马王子蜕变成了眼前这位温文尔雅的清贵青年。她呆呆看着对方，一时竟不知该说些什么。当年不愉快的往事以及现在的尴尬境地，都让此时的她无从开口。

徐丽听到声音面色一震，看向阻拦自己的年轻人，脸上顿时青红一片。她连忙收回手，努力挤出一个自认为温柔的笑容：“小禹啊，你来啦。你爸要是看到你回国，一定会非常高兴。那个，阿姨这边还有事要处理，你先去楼上见见你爸。”

裴禹脸上透着温和的笑意，语气却透着几分疏离：“不急，我和沈余学妹许久没见，正好趁此机会机叙叙旧。倒是徐阿姨您还是先上去招呼宾客吧，毕竟今天的宾客很多是我爸的商业合作伙伴，不容怠慢。”

徐丽尽管不愿意，但是又不愿得罪眼前即将成为自己继子的年轻人，只好憋着一肚子火离开，临走前，还不忘狠狠剜沈余一眼。

徐丽走后，裴禹双手插兜看着眼前沉默的女孩，笑道：“怎么？不记得我了吗？沈余学妹。”

他话语间少了刚才和徐丽说话的疏离，多了几分熟稔，让人产生错觉，仿佛当年发生的事情只是一场幻觉。

沈余依旧不知如何面对眼前之人。当年，他因为徐丽女士和裴正国的事情而报复自己，如今徐丽女士要和裴正国订婚，他心里……

她张了张嘴，好一会儿才讷讷道：“谢谢……”

无论他是出于什么目的为自己解围。

裴禹见她这副模样，不由想起记忆里娇俏喊自己裴禹师兄的少女。只是那些美好的时光啊，再不会回来了。他轻叹一声：“找地方坐下来聊一聊？”

沈余本来要拒绝，见他眉宇间的真切忽地又改变了主意，点了点头。

会所的私人接待室里，两人面对面坐下。

沈余低垂着目光，默默喝着杯里的水。裴禹将她的忐忑看在眼里，有些无奈，但更多的是自责与歉意。他斟酌了一下，开口打破满室沉寂：“沈余，对不起。”

“你说什么？”沈余差点被水呛到，裴禹居然和她道歉？

“其实，我一直想和你道歉。本来我今天不打算参加这场订婚宴的，但是我觉得你可能也会出现，所以就来碰碰运气。”

“……”沈余一脸不可思议地看着他，“他们两个现在这样……你、你不生气吗？”

裴禹诚实地点头：“生气啊。可是他们犯的错误，后果也该由他们自己承担，你又何其无辜呢？当年的我太偏执太自私了。我不该将错误强加到你身上，因为你本身也是事情的受害者。真的很对不起，我的自私让你受到了很大的伤害。”

沈余原本以为今天这样的场合再见，裴禹说不定会再次对自己冷嘲热讽。可万万没想到的是，他居然会和自己道歉？她震惊了好一会儿，方才找回自己的声音：“你、你能想开就好……”

裴禹因为她的话，受到了鼓舞。他鼓足勇气问道：“沈余，请问你……可以原谅我吗？”

她的原谅，于他而言，非常重要。然而，他依然做好了被她拒绝的可能。

沈余直视着他的眼睛，许久，终于弯起了眉眼，“我原谅你了。”

记恨一个人太累了，那些不美好，就让它随时间一起流逝吧。

裴禹跟着笑起来：“你联系方式是什么？有空常联……”

“裴禹学长，”沈余打断他的话，“我原谅你曾经对我做过的那些事情，但是抱歉，我永远没办法和曾经伤害过我的人当朋友。”

闻言，裴禹脸上的光芒黯淡下去。她却没有丝毫迟疑，起身开口告辞："我该离开了，再见。"

再见啦！那些情窦初开的青涩年岁以及那个曾带给她美好与伤害的少年。

沈余离开接待室，朝会所大门的方向快步走去。身后有脚步声追了上来，"沈余学妹，我送你。"

"不用了。"沈余拒绝他的好意。

裴禹却坚持道："外头的雨下得这么大，不方便打车……"

"谢谢，真的不用了。"她的目光因为会所大门外头那道忽然出现的身影而定格住，愣了几秒，她扬声笑起来，"我家阿峥来接我了。"

裴禹循着沈余的视线望向外头，倾盆大雨里，一个俊挺的年轻人撑着伞徐徐走来。下一秒，身旁的女孩已经目标坚定地朝那人奔去。

他站在原地，看着女孩毫无畏惧地冲进雨里开心地抱住那个男孩，看着她叽叽喳喳地在和对方说些什么，看着他们共撑一把伞离开，他的神色变得落寞。

青春是一辆单向列车，再也没办法回头了。

雨水啪嗒啪嗒落在伞面，像是一个个轻快跳跃的音符。

沈余与言峥并肩走在伞下，好奇地问："阿峥，你怎么来啦？"

言峥把伞面往她的方向偏了偏，脸上含着一抹淡淡的笑意："大概是心有灵犀。"

沈余忍俊不禁，攀着他的手臂，仰着脸问："那你知道我现在最想做的事情是什么吗？"

小小的雨伞里，她看着他，仿佛他就是全世界，而伞外，是倾盆大雨。他突然伸手覆住她的眼睛："沈余同学，光天化日朗朗乾坤，请注意影响，别随便撩我。"

沈余被他逗得哈哈大笑，拉下他遮住自己眼睛的双手，紧紧握在手里。这个人怎么这么好啊！她不主动说，他就贴心得什么都不问。看出她情绪不高，他就变着法子逗她开心。于是，那些原本压抑的难过的情绪，都因此被冲淡了。

前方的公交车站有车子驶入，她心血来潮，提议道："我们去坐公交车吧。"

说完，她也不等他的回答，拉着他飞奔上了车。

车子后排恰好剩两个位置，两人刚坐好没多久，车子突然来了个紧急刹车，沈余脑袋差点磕到，幸好言峥眼疾手快伸手护住了她。

"诶，你还记得不记得有一回我们坐公交车上学，也是这样的雨天，我坐外面，你坐里面，结果一个急刹车，我差点从最后座杀向车厢前部，关键时刻还好你把我捞了回来哈哈哈。"

言峥也想起了往事，斜睨她一眼，绷着脸说："没良心的家伙，救命之恩，你居然转头就忘！"

那一回下了公交车后，他提醒她小心裴禹，结果两人因此又闹僵了。

“是是是，都是我的错，所以我这不是决定以身相许了嘛。”面对迟来的批评，沈余虚心接受。

言峥听了她的话，绷不住笑了起来。

过了一会儿，沈余突然想起一个问题：“我们等下在哪下？”

“你不是应该先问一下这是几路车？”

“呃……那等下随便找个地方下？”

“好。”

若能不问来处不问去路，人生大概会容易得多？

雨越下越大，玻璃车窗上结满了水雾，车内车外仿佛被隔绝成两个不同的世界。

沈余玩性大起，用手指在车窗上写下两人的名字，又在中间画了颗爱心，还拿出手机拍照留念。搞定这一切之后，她才低着声说：“其实我以前最讨厌下雨天了，因为放学的时候我总是找不到自己的伞，又没有人会来给我送伞……”

言峥无声地握住她垂放在旁侧的手，想要安慰她什么，又觉得言语太过苍白。那些曾受过的伤害，并不会因他此刻安慰了她几句就消失。他蓦地想起自己口袋里的那颗糖果。

手心突然被塞了一个东西，沈余有些疑惑地看了他一眼，摊开手，发现竟是一颗彩纸包裹的糖果，而且还是她最爱的草莓味。

“你怎么会随身携带这个呀？”她欣喜地剥开糖纸，将糖果放进嘴里。

“早上出门的时候顺手揣兜里的。”其实是担心你会难过，所以特意拿的。

糖果的甜蜜在口腔蔓延开来，一下子将那些苦涩都化解。沈余满足地微眯起眼睛：“阿峥，我现在不讨厌下雨天了。”

“嗯？”

“因为我知道，无论下多大的雨，你都一定会来接我的呀。”

下雨天的公交车上，写着彼此名字的玻璃窗，眼前语气坚定满目欢喜望着自己的女孩……这一刻，言峥的心软成了一汪春水。

傍晚，雨势渐歇。

由于第二天就要返校，所以沈余和江江约好了晚上一起吃饭，地点就在江江所在的医科大学附近的学生街烤鱼店。

等沈余与言峥抵达目的地的时候，江江已经提前到了。

一见到沈余，江江立即激动地冲上前抱住她：“啊啊啊，小鱼儿，我想死你了！你要是再不来找我，我都要忘记你长啥样了！”

沈余和江江虽然两年未见，但是两人私下的往来并没有断过，而且还经常在QQ上视频，所以陌生感这种东西是不存在的。此刻，她听到江江的吐槽，立即佯装生气道：“哼，没良心的家伙，我就知道在你心中我没有你偶像重要！”

一旁被江江奉为“偶像”的言峥，表示自己很无辜。

江江瞪圆眼睛：“天地良心，我是那种有异性没人性的人吗？

再说了，咱俩这什么交情？”

沈余差点就相信了，结果下一秒就听见她说：“你在我心中和偶像一样重要！”

“……我算是看清楚了，江江的嘴，骗人的鬼啊。”沈余忍不住捏了捏江江肉嘟嘟的脸颊。

三人入座后，言峥将菜单递给两位女生，让她们来点菜。

沈余倒是都可以，只要别太辣。于是她将点菜任务交给江江。

谁知江江瞄了言峥的方向一眼：“我……不敢点……我怕我等下走不出烤鱼店……”

沈余看她那尿样，不厚道地笑起来：“你的地盘你做主，你怕什么？拿出你平时怼我的气势来好吗？”

江江下意识又去看对面的言峥。

想到高中期间和沈余私下互通往来绝口不提的事情暴露之后，江江就不敢直面自己的偶像啊。

好吧，其实从高一开始，她每次面对言峥就犯尿。主要她家偶像的气质摆在那里，不怒自威啊。当年沈余在的时候，她胆子还肥点。沈余转学后，偶像这座冰山就常年冰雪覆盖，连远观都容易被冻死。更重要的是，他曾问过她好多次有没有和沈余联系……

言峥微微挑眉：“江江，我长得很吓人？”

江江立刻把脑袋摇得跟拨浪鼓似的：“长你这样叫吓人的话，我和沈余干脆别活了……”

“打住，大江同志你自我贬低的时候，请别带上我！”沈余笑嘻嘻在她心口补刀，“我觉得我长得还行，一点都不比某人差。”

“……”江江觉得自己跟沈余要情断烤鱼店了。

沈余看到江江吃瘪的样子，捂着嘴直乐。言峥出来主持公道：“好了，别贫了。江江，想吃什么随便点。”

“哎！偶像你原谅我啦？”江江灰暗的包子脸瞬间恢复光彩。

言峥其实没怪过江江，不过江江不知道啊。见言峥没出声，江江立马又尿了。沈余见状，连忙偷偷伸手扯了扯言峥的衣角。

言峥只好点点头：“功过相抵。”

“哈哈，那我就不客气啦！”江江原地复活，迅速拿起菜单点菜，同时不忘征询一下两位友人的口味。点完菜，她拿起水杯，“我觉得今天必须碰个杯，恭喜有情人终成眷属！我现在这感觉就跟追了几年的言情小说终于圆满大结局一样，又开心又欣慰又不舍啊哈哈哈。”

“谢谢神助攻同学，你功不可没！喝完这杯，等下再来一杯！”沈余觉得如果没有江江这个助攻，说不定在初时她就坚持不下去了。那时候江江怎么劝她的呢？年少的喜欢，弥足珍贵，且不可复得。

言峥也郑重地对江江说了两个字：“谢谢。”谢谢江江对沈余真心以待。

烤鱼上桌，三人开始边吃边聊，聊从前聊现在，不过大多时候都是沈余和江江两人在说，言峥只是在一旁倾听。

江江念的是江城医科大学的护理学专业，隔着热腾腾的雾气，对闺密大倒苦水：“我每天上课都一脸蒙，感觉自己都快要得精神病了。你说我当时脑子到底怎么了？太想不开了！这一学期不到，我都憔悴了。哎，改天找机会一定要回一中告诫学弟学妹，高考填志愿千万别报医科大！就算报医科大，也千万别报护理学！”

沈余颇为赞同：“一样一样，念高中的时候老师们都说考上大学就轻松了，结果呢？并、没、有！就拿背法条这件事来说吧，几乎所有老师都在强调现在背法条没有用，说法考不会考死的法条，法考可以带书进考场。可是一边又说要灵活运用法条，对法条有自己的理解，给出案例你的脑海里要马上有相应的法条。可如果不背法条，你都不知道法条内容的存在，哪里来的灵活运用呢？”

“惨惨惨，咱俩聊完我怎么觉得未来充满了灰暗？”

“我也这么觉得……”

两人说到这，不约而同抬头望向在场唯一的学霸。言峥接收到她俩的目光，默默喝了一口饮料，总感觉稍有不慎，就遭到来自学渣势力的攻击。

斟酌了一会儿，他说了个比较保守的答案：“相信自己的潜力。你们高一的时候想过自己会考上现在的大学吗？”

江江摇头：“我能考上医科大全属狗屎运。我爸妈得知我被录取，在门口贴了张东家有喜的告示，然后我们家小饭馆连续三天全场七折！”

沈余听了江江的话，说不羡慕是假的，但也仅此而已。毕竟，每个人都有自己的人生。不过，她仔细一想言峥的话，觉得不太对："为什么我丝毫没有觉得被安慰到……"

江江坚决拥护自家偶像："我咋觉得挺有道理的？"

沈余又想了想，没想出个所以然来，只好把问题归咎到某人身上："阿峥啊，你在安慰人的天赋上不太行啊。你知道这说明什么吗？这说明上帝是公平的，给人打开一扇门的同时，会把窗户关上……"

言峥听着她的长篇大论，突然轻笑出声，单手搭上她的肩头，唤道："小鱼儿。"

"嗯？"她歪着头看向他，眼里透着几分不解。

他倾身靠近，微微扬起的眉带着几分缱绻，低哑的声音透着几分蛊惑人心的味道："有没有听过一句话？"

"什么？"

她一开口，他的吻已经落了下来，柔软绵长又炙热。

不知过了多久，言峥才终于放开怀里的女孩。他低头看着她红扑扑的脸蛋，修长的食指轻轻触碰她如樱桃般鲜艳的温热唇瓣，低声道："千万不要说一个男人不行。"

沈余一下子联想到什么，于是原本就通红的脸蛋更红了……

而坐在两人对面的江江同学，在他们撒狗粮的同时，淡定地掏出手机顺手抓拍了一张，然后招手喊来服务员为自己多添了一碗饭。

这世上狗粮千千万，唯有这碗最下饭啊。

饭局快结束时，仨人意外遇到了老同学。徐潘和陈枫看到言峥的时候，显得很是迟疑，有些不敢相认。按道理这个时间段，言峥应该在遥远的北城啊。

言峥和沈余高一的时候是同桌，而徐小胖和陈枫就坐在他们后桌。高二沈余转学离开，他们俩倒都选择理科留在了本班。而江江高一与在场所有人都不同班级，高二文理分班后才分到言峥他们班。

此番江江率先朝他俩打招呼，他们才确信自己没认错人。两人当即打发了身旁的同伴，然后挤到这一桌来。

“哇，真的是大佬你啊！你什么时候回来的？怎么也没提前知会一声，咱哥几个要是知道了，早早就来给你接风洗尘了！”徐潘一坐下来就开始侃大山。

不同徐潘的外向，陈枫坐下来后笑着打了个招呼就没怎么说话了，不过目光落在沈余身上时，惊讶地就要开口打招呼。沈余连忙用眼神示意他别开口，因为她想知道徐潘同学什么时候才会认出自己。

陈枫腼腆地朝沈余笑了笑，带着几分老同学重逢的喜悦。

两人之间的小动作没有逃过旁人的眼睛，除了神经大条到让人无言以对的徐潘徐小胖同学。

此刻，言峥斜睨了浮夸的徐潘一眼，悠悠道：“胖子，我记得你是电子商务专业的？”

“对对对！”徐潘心里那叫一个激动。大佬居然连自己念什么专业都记得，三年同窗情谊果然深厚啊。然而下一秒，他的幻想就破灭了。

“哦，不知情的，还以为你是学表演的。”

言峥刚说完，其他人立即笑了起来。伤心的徐潘目光一扫，落在了全场唯一略显眼生却又透着一股熟悉感的女孩身上：“嘿，这位小姐姐看起来有些眼熟……大佬，你朋友？”

沈余差点当场翻白眼。她就没见过像徐潘这么迟钝的家伙，连一旁木讷的陈枫都认出她来了，就他还在那说什么眼熟。她变化有那么大吗？

言峥也不解释，微微颔首，大方承认：“嗯，女朋友。”

“……”徐潘瞬间石化，万年冰山居然有女朋友了？？？

沈余看徐潘那副呆样，终于忍不住出声：“徐小胖，你真不认识我啦？”

女孩托腮坐在角落里，唇边漾着笑，灯光落在那双漂亮的眼睛里，波光潋滟，迷人心神。徐潘上下打量了她好一会儿，忽地瞪圆眼睛，手指着她，结结巴巴道：“你你你——”

沈余弯着眼睛笑眯眯看着他，不说话。而震惊的徐潘，许久才把话说利索：“你是沈大胆？！”

沈余听到“沈大胆”这个久违的外号，不由想起了以前笑闹的时光，“徐小胖，你这上了大学，视力下降许多啊。要是没提示，你是不是还认不出我啊？”

“你一下子变这么漂亮，我没敢认。”徐潘有些不好意思地挠了挠头，“你当年怎么一声不吭就转学了？好歹让大家为你开个欢送会啊，都没来得及跟你告别，大家可想你了。后来罗菲儿还跑来问了我好几次知不知道你转学的原因。”

“听说她去了国外留学？”沈余可不认为罗菲儿是因为舍不得自己。

罗菲儿是他们班当年的“班花”，一个被宠坏的公主。高一的时候，罗菲儿为了言峥和裴禹，横竖看沈余不顺眼，每天都在针对沈余。

“嗯，班上还有几个同学也出国留学了，不过好多人都选择了本地的大学。对了，你还记得虞珊吗？我们班有两个考上了北城理工大学，一个是蔚帅，另一个就是虞珊，没想到吧？”

“哦，她呀，很棒！”沈余对虞珊还有些印象，毕竟当年她还因为看不惯虞珊被欺负，帮对方出头过。不过虞珊在班上沉默寡言存在感很低，所以她现在仔细回想起来，只记得一个模糊的轮廓。

“她私下很刻苦努力啊，所以也算是实至名归吧。”江江曾和虞珊同桌过一段时间，她还挺喜欢虞珊的。

言峥没加入话题，因为除了沈余，他基本不怎么关注旁人。他对虞珊的印象，仅仅停留在当年沈余曾为她打过架。

陈枫明显对沈余比较好奇，不过他又担心自己说错话，所以犹豫了好一会儿，才将内心的话问出口："沈余，你、你现在在哪上学？"

沈余指了指身旁的言峥："我跟他在同一所学校。"

……北城大学？

徐潘受到了惊吓，手机没拿稳，啪嗒掉在桌面。陈枫也没好到哪去，差点把面前的碗给打碎了。

江江看到他俩这模样，立即笑喷："就你俩这心理素质！还不如我呢！"

"等等，所以你们……"徐潘的目光在沈余和言峥之间来来回回游移，"真的是一对？"

言语再多都不如实际行动啊。沈余也不扭捏，直接凑过去亲了一下言峥的脸颊。言峥非常满意自家小青梅的表现，伸手揽住她的肩，眉目轻舒，语气悠悠看向老同学："不觉得我们看起来很有夫妻相？"

徐潘差点找不回自己的舌头："谁掐我一下，我怎么觉得这么不真实呢？"

陈枫立即用力掐了一把徐潘的手臂，痛得徐潘当场跳起："嘶——你这是要我命啊……"

"得了，徐潘你丢不丢人啊！就这点心理素质，以后怎么行走江湖啊？再说了，我们家小鱼儿考上北城大学抱得美人归怎么就不真实了？虽然我偶像很优秀，但是我们家小鱼儿也不差啊！"

江江嘲笑完徐潘，转头打量自家闺密和偶像，脸上露出姨母笑。啧啧啧，怎么看都觉得这两人登对至极。

徐潘赶紧讨饶道："是是是，是我狭隘了！请大家原谅我……"

言峥听到"我们家"三个字，微微顿了顿，不过看到江江是友军的分上，他决定大方点原谅江江的措辞。

不远处，与徐潘、陈枫同行的友人提醒两人过去吃饭，两人只好和言峥等人道别。

临分别前，徐潘建了个QQ群，将大家都拉了进去，希望下次再聚。

这个群后来又陆陆续续加了一些人，例如蔚帅、虞珊、罗菲儿等。沈余还因为徐潘这个大嘴巴的宣传，在江城一中的校友间火了一把，甚至还被江城一中的老师们当成了鼓励学生好好学习的励志榜样。

3

第二天，沈余与言峥踏上了返校的归途。

夏明月生怕两人在学校受苦，装了大包小包的特产小吃让两人带去，然后温柔叮嘱沈余有时间就回江城来，又对言峥命令了一番，让他在学校一定要好好照顾沈余，不许欺负沈余。

这明显的差别待遇，让沈余偷乐了一路。

返校后，室友们得知沈余和言峥一起回老家，开玩笑说她是去见家长。沈余大大方方接受室友们的调侃。姜蔓冬当时也在寝室，听到这些玩笑话后，默默拉上了自己的床帘。沈余见状，只好尴尬地转移了话题。

然而这世上大概真的有气场不合这回事，有人说了千句，还是拉不近距离。有人坐在对面不说话，你一个眼神，他大概就懂了。频率相似的人自然就会聚在一起，磁场不合的人讲几句也像在翻山越岭，始终到不了目的地。而姜蔓冬和沈余她们仨，大概就属于磁场不合。

时间在季节的交替中飞快流逝，沈余的生活被课业、社团活动、家教以及恋爱排满，再也没空操心其他。令她有些遗憾的是，此后去上家教课，竟再也没有碰见过应元青。她还欠他几顿食堂呢。

转眼，大学第一学期到了尾声。

各大专业的学生为了应付期末考试，开始疯狂抢占图书馆。沈余她们法学专业听起来很威风，临近期末考试就累成了狗。

不过学校里除了日夜泡在复习资料里的学生们，还有那么一撮人，每天依旧该干吗干吗，你甚至都没见到他们怎么复习，可到了考试现场最早交卷的是他们，独占鳌头的也是他们。

在沈余眼里，言峥就是其中一个例子。

她每天复习得头都要秃了，而某人还有闲情逸致看课外书……

最后在沈余饱含怨念的目光里，言峥终于意识到身为男朋友肩上所负的重任。他不仅抽空看完了沈余专业的复习资料，还动手帮沈余划了考试重点……最最重要的是，沈余上了考场发现他帮忙划分的那些重点居然八九不离十！感受到了来自智商的碾压，虽然很感激，但还是觉得好生气哦！

伴随着期末考的结束，寒假随之而来。室友们开始收拾行李，唯独沈余无动于衷。

胡晶晶纳闷地问："你买了几号的票？怎么还不收拾行李？"

沈余手握着苹果边啃边看着她们收拾："我还没抢到票，所以不急。"

"这么惨……那你抓紧啊，如果直达的车不好买，那就来个曲线救国，到时候上车补票。"

"嗯嗯，我知道了。"可沈余嘴上说着知道，其实压根就没实际行动过。因为她之前就私下向学校递交了假期住校申请，已经被批准了。至于为什么没说实话，主要是懒得解释缘由，也不想看到她们投过来的同情目光。

就连言峥，也被她瞒在鼓里。当初言峥开始抢寒假回家的车票时，曾询问过她好几次要不要一起回江城过年，都被她拒绝了。言峥只好退而求其次，询问她买几号回去的票，到时候两人一起从学校出发。她随口说了个日期，没想到他真的买了那一天的票。

不过上有政策下有对策，沈余已经决定送走言峥后，自己再打道回校。

第二天，三位室友都离了校，留下沈余独自坚守。

中午，言峥在陪她吃饭的时候，忍不住第N次提议：“要不你跟我一起回江城过年？”

“这么舍不得我呀？”沈余笑嘻嘻地看了他两秒，也不等他回答，煞有介事地点点头，“也是，毕竟像我这样眼睛里装着星星，笑容能把冰雪融化，还吃着可爱多长大的女朋友，实在世间难见，你舍得才怪。”

言峥听她自卖自夸，配合地点点头：“日思夜想，恨不速见。”

沈余忍俊不禁，歪着脑袋上下打量他：“阿峥啊，我简直对你刮目相看！你说你以前明明高冷又毒舌，没想到现在摇身一变成了情话boy，难怪都说男大十八变……”

“毒舌？”言峥差点以为自己听错了。谁知沈余给了他一个肯定答复：“嗯，在电视剧里感觉活不过开头前两分钟的那种。”

“……”言峥挑眉，觉得自己的小青梅好像对自己有些误解。

“说真的，你到底从哪买的情话大全？也借我看看嘛。你一个人就把我的词库挪空了，我现在迫切需要解锁一波新的赞美之词。”

言峥忽地低低笑起来，眼神带着几分灼热：“小鱼儿，下次夸我的时候别太含蓄，不然我要是没听出来，你不就白夸了？”

“……”沈余莫名觉得脸颊发烫，于是她做了一个很㞞的举动，低头扒了一口饭，“咱们学校的饭果然名不虚传！”

回答她的，是某人悦耳动听又勾人的笑声。

沈余此刻心情异常复杂。她觉得自己这辈子都要完了。因为光是听着他的笑声，她就想成为他身上的挂件，跟着他回家。

言峥归家那一天，沈余做足了戏，拎着行李箱陪着他一起去了火车站。因为怕他发现苗头，她还在自己的箱子里塞了点衣物增加重量。

虽然她也知道自己的行为幼稚又矫情，但她就是不想让他知道自己无家可归这件事……

车站无时无刻不在上演着相聚和分离。

沈余看到身旁一对年轻的情侣在热吻，害羞地埋着头不敢去看，拉着自己的男朋友去了另外的角落。言峥被她反应逗乐，伸手亲昵地捏了捏她的脸颊，调侃道:“小鱼儿，你这心理素质有待加强。要不，我们也练习一下？”

沈余拍开他的手，红着脸批评他：“你正经点！”

言峥接受批评，一秒回复平日的高冷。候车厅广播里传来言峥所乘的列车马上开始检票进站的消息，想起就要到来的离别，沈余瞬间红了眼眶。大概所有沉浸在恋爱里的人，都得了一种叫作患得患失的通病吧。

她不想让言峥担心，遂低着头，开始交代:“路上自己多注意啊，东西看好，别被人顺手牵羊啦。”

“好。”

“到家了跟我说一声，不然我会担心你的。”

“好。”

“你要记得想我呀。”

“好。”

“每天都要打电话给我。”

“好。”

沈余忽然不知道要说什么了，言峥只好主动询问：“还有吗？”

沈余摇摇头，仍旧低着头，看着自己的鞋尖，闷声道：“你没有什么想跟我说的吗？”

“没有。”他的声音里没有丝毫的迟疑。

“哦……”听到他回答的那瞬间，莫名的委屈涌上心头，努力隐忍的眼泪终于啪嗒啪嗒开始往下掉。然而身旁的人似乎没有察觉，语气冷静得让人伤心：“开始检票了，我走了。”

沈余点了点头，等到那双鞋离开自己的视线范围，她才用手背抹了抹泪水。

抬眼望去，排队的长龙开始有序地检票进站，而她喜欢的人早就没了踪影。她紧紧抿着唇，强忍着内心的难过，拉着行李箱往外走。

自动感应门打开，北城干冷的风迎面扑来，刮得人脸颊生疼。她孤零零站在门外，看着来来往往行色匆匆的陌生人，再也忍不住，不争气地蹲在地上哭了起来。

一声极轻的叹息在沈余身后响起。

“小傻瓜，哭什么？”来人在她身旁蹲了下来，手掌在她头上轻轻揉了揉。

沈余以为自己听错了，飞快抬起头，意外地看见那个本该坐上开往江城列车的人，此时竟然出现在她身旁。她满脸泪痕，傻在当场。

“这么快就不认识我了？”言峥拿出纸巾温柔地帮她拭去脸上的泪痕，可他的手刚碰上她的脸颊，她的泪水就再次决堤了。

“你……你不是……走……走了吗？怎么又回、回来了……”她哭得上气不接下气。

“我要是真的走了，你怎么办？”

“……”她听到他的话，又忍不住想哭了。

那些滚烫的泪水一颗颗砸落在手背，耳边是女孩伤心的哭声，言峥手足无措，索性直接将她拥入怀里。旁人投来的各种探寻的目光，他统统没留意，温声轻哄着自己的小姑娘：“乖啊，别哭，我在呢……”

她在他的怀抱和安慰声里，渐渐停止了哭泣。过了一会儿，她语带哽咽又透着几分沮丧，说：“我现在的样子肯定很丑……”

他听到她孩子气的话语，继续安慰道：“有没有听过一句话？”

“什么话？”

“情人眼里出西施。所以小鱼儿，你完全不需要有这种困扰。”他稍稍推开她，直视着她湿漉漉的眼睛，“因为你在我眼里，永远闪闪发光。”

他语气坚定又认真，好看的眉眼带着浅浅的笑意。此刻明明是料峭寒冬，沈余却觉得河山万里皆是春。

等沈余情绪平复后，言峥牵着她的手重新踏进候车大厅，然后沈余去了洗手间拾掇自己，言峥则在外头等候。

洗手间镜子里，沈余嫌弃地看着自己那张脸，红红的眼圈和鼻子，怎么看怎么丑。她很庆幸自己不懂化妆，要不然现在她这张脸绝对是灾难现场。

唔，言峥对自己绝对是真爱，就她这副模样，居然还闪闪发光？

情人眼里确实出西施。

等沈余从洗手间出来，言峥牵着她朝刚才那个检票口走去。

沈余如丈二的和尚摸不着头脑：“我们这是要去干吗？”

言峥扬扬眉：“回家。”

沈余条件反射：“回哪？”

“江城。”

“啊？可是，票……”

言峥仿佛早有预谋，从口袋里掏出两张车票，递到沈余手里。

沈余低头看了一眼日期和上头的证件号，愣住了。因为这两张前往江城的车票，一张是言峥的，一张是她的，而发车时间就在一个小时后。

“你……”她有许多问题想问，一时又不知从何开口，目光落在自己的行李箱上，顿时有些焦虑，“那行李……”

她未曾说出口的话，言峥仿佛早已洞悉：“缺什么回去再买。”

“啊？所以你早就知道——”

“知道什么？”因为她不想让他知道，所以他选择糊涂。

“没什么。”她的声音一点点低下去。

原来你早就知道我在骗你啊，却因为顾及我可怜的自尊心，所以选择什么都不说。你说我在你眼里永远闪闪发光，可其实，你才是我黑暗世界里那个耀眼的存在。

你甚至无须做什么，就使黑夜奔逃了。

第七章

分离

■□■ 1

江城的冬天潮湿又多雨，与北城完全相反，而沈余却只觉得亲切。

这是她从小生活的城市，处处是熟悉的味道和记忆。只是这座城市多多少少有了新变化。于是，从北城归来后，两人在家歇息了几天，言峥择了个阳光灿烂的下午，骑着自行车载着沈余在城市的大街小巷穿梭。

沿途的风景，迎面而来的微风，温暖的阳光，一切看起来美好得不真实。言峥带着沈余去看了江城的新地标，吃了小巷里的百年小吃，然后又回到了曾经居住的小区。

熟悉的建筑和景致映入眼帘，处处皆是回忆。这里的一切似乎都没有什么变化，可随着时间的流逝又悄然在改变。

两人在小区里转悠了一圈，最终没有上楼，而是去了附近的小公园。

这个小公园承载了他们无数的珍贵记忆，是他们童年时代最大的游乐场所。

沈余印象最深的是，有一回玩捉迷藏的游戏，不知是她藏得太好还是她的存在感太弱，人人都忘记了她的存在，到了吃晚饭的时间，父母一喊小朋友们就各回各家各找各妈了。不知情的她满心欢喜地躲在公园的一隅，牢牢记着那个游戏规则，等着别人来找她。可是直到星星满天，也没有人想起她。最后还是言峥独自下楼来找她，然后带她回家的。

其实现在回想起来，言峥待她一直都不同于别人。

例如上幼儿园，老师奖励言峥糖果的时候，言峥总会高冷地把糖果丢给她，美其名曰糖果是女孩子才喜欢的东西，他不喜欢。可这世上的小朋友，哪有不喜欢糖果的？

再例如有人欺负了她，但最后那个欺负她的人一定都会被言峥惹哭。不过他从小智商高，欺负了别的小朋友，对方的家长还要反过来夸他做得对。

沈余想到这里就忍不住发笑。

言峥疑惑地看着她：“偷笑什么？”

“没什么，就是想起了一些往事。”沈余说完，笑容又灿烂了几分。

言峥宠溺地看着她，没有再追问。两人漫步了一小会儿，沈余忽然指了指自己现在站的地方：“阿峥，你还记不记得这里？”

言峥眉梢微挑，等着她继续。

“我当时收到江城一中的录取通知书都要气炸了！还以为可以和你眼不见为净，结果中考志愿居然被修改了……”沈余还没说完，突然被言峥打断。

“我那时候很讨人厌？”言峥俊眉微蹙。

“呃，”秋后算账？她偷瞄了一眼他的脸色，斟酌了下语气，“也不算吧……就是你知道的，学渣们对学霸们的情感往往很复杂……”

“噢，羡慕嫉妒恨。”言峥恍然大悟，一本正经地看着沈余，“我不会为我的优秀表示抱歉。”

沈余看他打趣自己的模样，有点手痒想打人。谁知下一秒，这人话锋一转，“不过我为当时惹你不开心而感到抱歉。”

对上言峥温情又认真的目光，沈余原本想说的话一下子就卡住了。她移开目光，轻咳了几声，掩饰自己突如其来的感动，“言峥同学，请你别这样看着我。”

“为什么？”言峥忍不住想逗她。

沈余重新看向他：“你这样会让我忍不住想把你扑倒。”

“……”言峥看着她严肃的小表情，终于绷不住，扶额笑了起来。

“喂，你还要不要继续听我说啊？”沈余不自在地瞪着他。

“当然。”言峥一秒恢复正经。

“我当时怒气冲冲拽着你来到了这里，质问你缘由，结果又被你的回答气着了。跑回房间，我就把录取通知书撕掉了。没想到你竟然不声不响又把录取通知书粘好还给了我。现在回想起来，我那时候简直跟个炮仗似的，一点就炸。”沈余想起，感慨的同时，又觉得庆幸。因为人生的每一个选择都会改变未来，如果没有言峥“从中作梗”，她现在的人生就是另一番光景吧，但她敢肯定，她一定会后悔。

言峥主动牵住沈余的手，笑声轻快，眼角眉梢都流露着藏不住的爱意：“在我看来，我女朋友就算是炮仗，也是所有炮仗里最可爱的那一个。”

他了解她所有未曾说出口的话，也庆幸她终于明白他的所有心意。

沈余看着身旁花式夸自己的竹马哥哥，抿着嘴无声笑了起来。

大概是年关将至的缘故，公园里散步游玩的人比往日多了许多。有一些熟悉的面孔见到言峥，还主动询问起言峥的近况。

其中有一个李姓阿姨在得知言峥考上北城大学，立即恨铁不成钢地将正在旁边操场打球的儿子喊过来批评了一顿。这位阿姨没有认出沈余，但是得知沈余也在北城大学念书，当场决定拒绝儿子要买高配置电脑的请求。

很不巧，这位李阿姨的儿子正好是沈余和言峥的小学同学。

沈余围观了这一幕，对这位小学同学表示极大的同情。

这位小学同学叫许阳，刚考上一所二本。从小被言峥这个别人家的孩子压了一头，好不容易等到言峥搬家，刚过了一年舒心日子，谁知道这会儿放寒假回家过年居然还要被批评。最关键的是，沈余居然也考上了北城大学，还让不让人过个舒心年了。

许阳同学表示，此刻心情超级不爽。他单手转动着手里的篮球，挑衅地看向言峥："来一场？"

"行。"

仨人结伴去了不远处的篮球场。

言峥将身上的外套脱下来给沈余保管，然后开始热身。此刻的操场边有一群年轻人正在打球，许阳走过去和他们交涉了几句，随后那群年轻人就让出了地盘。

许阳招手喊站在场边的言峥过去。言峥走前朝沈余眨了下眼睛，叮嘱她："好好欣赏，别走神。"

球场里，许阳傲气十足："比比？"

"可以。"

"五局三胜？"

"都行。"

"我守你攻。"

"你先吧，"言峥语气随意得仿佛在谈论天气，"我怕你一会儿摸不到球。"

"……"许阳一口老血堵在喉头。

双方互相传球表示斗牛正式开始，许阳暗暗发誓要给言峥一个下马威，结果刚开始带球进攻就被言峥截和了。然后接下来的时间里，果真如言峥所言，他一次也没有从言峥的手中抢到球。

两人打了五局，言峥全胜。

许阳倒也干脆："我技不如人，认输。"

原先那群在场旁观的球友们主动邀请言峥一起玩，言峥手指了下沈余的方向，拒绝道："不了，我女朋友在等着我。"

场边，沈余笑眯眯地抱着衣服站在原地，等言峥走过来后，立即将手中的水递给他。

言峥打开喝了一口，然后促狭地看她："夙愿得以实现，有什么感想？"

沈余用纸巾边帮他擦拭额头的汗边答道："还不赖。"

她以前一直不明白为什么女生们都喜欢去球场看自己喜欢的男生打球，现在看到言峥在球场上恣意奔跑挥洒汗水的帅气模样，她终于 get 到这个点了。

随后跟上来的许阳震惊地看着他们："……你们俩？"

"正式介绍一下，我女朋友，沈余。"

"我男朋友，言峥。"

"……"这突如其来的狗粮！他当年就知道这两人绝对有问题！

那时候他仅仅忽悠了沈余一颗糖，结果忘了言峥说了句什么话，他就冲动地和言峥打赌，结果赌输了。赌注是帮言峥和沈余做一个学期的值日……

好想跑回当年抱一抱那个愚蠢的自己啊！

言峥和沈余告别了许阳，顺带去了位于附近不算远处的初中。学校已经放假，门口值班的保安大叔严格遵守纪律不放行。两人只好准备离开，刚转身就被人喊住了。他们回头一看，发现对方居然是他们初三的班主任张秀梅。

原来今天恰好是张秀梅和另外两个老师一起值班。张秀梅对自己这两个学生印象深刻，带着他们去自己的办公室坐了一会儿，了解了下他们的近况，得知他们都考上了北城大学，欣慰又自豪。因为怕自己在，孩子们会不自在，所以她挥挥手让他们自己去校园里闲逛。

两人光明正大牵手走在空荡荡的校园里，往日时光一幕幕浮现，仿佛那些稚嫩青涩的年华从未远去。

正当两人在操场跑道上嬉闹之际，沈余突然听到张老师在操场外喊自己。她连忙应了一声，快步朝对方跑去。

言峥站在原地默默看着她。她穿过夕阳笼罩下的操场，纤细的身影渐行渐远，毛茸茸的光线，模糊的金黄色的边缘，成了他十九岁记忆中一幅永远的水彩画。

张秀梅叫沈余过去，交给沈余两张照片。一寸蓝底的证件照，照片上，分别是她与言峥青涩的脸庞。

临别前，他们互相留了联系方式，张秀梅说以后有机会的话，请他们回学校来给学弟学妹们讲一讲学习。

江江得知沈余回江城过年的消息，已经是小年夜的前一天了。

她在电话里严肃批评了沈余这种有异性没人性的行为，然后以岌岌可危的友谊为要挟，让沈余当天晚上来自己家吃饭。

沈余最怕自己给别人带去麻烦，所以和江江认识至今都没去过她家做客。不过为了友谊的小船稳住，她当晚准时拎着一箱水果出现在了江江家。

江江的父母对沈余印象非常好。以前江江念高一的时候，他们曾见过沈余一面，那时候江江受伤住院，沈余去探望。尽管沈余后来转学去了外地，但江江天天念叨着沈余的各种好，久而久之，江江父母就将闺女的好朋友记在了心上。他们的心思很简单，人与人之间的交往，无非就是将心比心，投桃报李。

江江家是开小饭馆的，得知沈余会来家里吃饭，下午就把“暂停营业”的牌子挂在了店门上，然后在家烧了一大桌拿手好菜招待沈余。沈余极不好意思，只好努力敞开胃多吃一点以示感谢。

饭后，沈余摸着圆鼓鼓的肚子，和江江聊起自己的困惑。

她想送礼物给言峥的父母，但是又不知道送什么礼物。

那天，她和言峥一起回到江城，才发现言氏夫妇早已得知她会回来，提前打扫好了房间，烧好了饭菜，等着他们归家。没有过分的客套和热情，什么都备妥当，仿佛她本身就是这个家的一员。也许她这一辈子都没办法回报这份感动，但她还是想做点什么。

“这个我也没啥经验，言峥父母有没有什么喜好？”江江顿了顿，有些不好意思，“你看我爸妈，他们就热爱吃，所以送什么都不如送吃的。”

“就是不知道他们的喜好才愁，要不我送衣服？”

“不好。审美不一致，咱们觉得漂亮的衣服，长辈未必会喜欢……要不送阿姨围巾？”

“咦，围巾这个点不错！那送言爸爸钓鱼竿怎么样？”沈余想起言桐书的爱好是钓鱼。

“如果对方喜欢钓鱼可以送钓鱼竿，不过你打算什么时候送礼物？买钓鱼竿带回家也太显眼了，或者男士也送围巾？正好叔叔阿姨来个情侣款。”

“据说送礼物有很多忌讳，我们先查查看这些礼物的含义是什么吧。”沈余掏出手机上网搜了一下，得知送长辈围巾是寓意着健康和孝心，当下便拍板定案。

第二天，沈余拉着江江陪自己去商场把礼物买好。当然，言峥的礼物几天前她就偷偷备好了，不过她打算等零点的时候再送给言峥。

小年一过去，年味就越发浓厚了，家家户户忙着备年货、大清扫、贴对联，转眼就到了大年三十。

言家的厨房里，夏明月和言桐书正在一起准备年夜饭。沈余自告奋勇要去打下手，结果被言峥拉出了厨房。

“沈余同学，你有没有眼力见儿？夫妻搭配，干活不累。你别打搅他们秀恩爱，乖乖跟我一起看电视。”

“真的不需要去帮忙洗菜之类的？”沈余迟疑地在沙发上坐下。

“你就别操那个心了，有那个工夫，不如坐这跟我培养一下感情。”言峥说着，剥了片橘子塞进她嘴里。

沈余吃完橘子，才压低声音对某人说：“你小声点，我们现在可是很纯洁的关系。”

“我们什么时候不纯洁了？”言峥又剥了一片橘子递到她嘴边，等她张嘴后，他忽地抬起羞涩的眼神看着她：“如果小鱼儿你想对我做一些不纯洁的事情，我也是愿意的。”

“……”

沈余差点被橘子噎到。

四个人的年夜饭，言氏夫妇备了满满当当一桌，鸡鸭鱼肉样样都有。开饭前，沈余跑到房间将自己备好的礼物拿了出来，递给两位长辈。

“言爸爸言妈妈，新年快乐！那个我也不知道你们喜欢什么，想着围巾在冬天比较实用，希望你们会喜欢。”

两位长辈将她的心意妥帖收下：“谢谢我们家小余。看，咱们闺女就是比儿子贴心！”

不仅没收到礼物还被父母嫌弃的言峥，板着脸伸手朝沈余讨要：“我的呢？”

沈余还没回答呢，长辈们的训斥声已经响了起来：“你也好意思？你这当哥哥的应该给妹妹送礼物才对！”

“……我可能真的是垃圾桶里捡来的。”家中地位垫底的言峥同学表示很无奈。

言峥的一句话将大家逗笑了。随后，夏明月和言桐书各自从口袋里拿出两个一样厚度的红包，分别递给了沈余和言峥。沈余原本不敢收，可婉拒的话刚要说出口，言峥就在桌底下碰了碰她的脚。她只好暂且收下。

伴随着电视里播放的春节联欢晚会，年夜饭在一阵欢声笑语里结束。饭后，沈余拉着言峥去了自己房间，把两个红包都塞给了言峥。

“这个我不能收……”

“在我们老言家，只要没结婚，就有压岁钱拿。所以，沈余同学……”言峥将红包放进沈余的衣服口袋里，然后又拿出自己特意给她准备的红包，也塞进她的口袋里，“趁这几年多收点。”

面对言峥给的理由，沈余发现自己竟然无言以对。在沈余呆愣的时间里，言峥开始在她的房间四处张望。

沈余不解地问他：“你在找什么？”

言峥答得理所当然：“你送我的礼物。”

沈余看他迫切的样子，立即起了恶作剧的心思：“我没买。”

“嗯？真没有？”

“真没有，不然你随便翻。”

“……”言峥觉得很受伤。但是有什么办法？自己的女朋友，自己跪着也要宠完啊。

随着时间的推移，春晚渐入高潮。

言峥坐在电视机前，却越看越糟心，索性拿着手机去阳台上回复各类祝福的消息。只是回复了一会儿，他又觉得烦。重新走回客厅，看到正在和父母一起津津有味看春晚的某人，眯了眯眼睛，思考了一番，然后打定主意，走到沈余身旁坐下："想不想去楼下放仙女棒？"

沈余的眼睛一下子亮了起来："想！但是家里有仙女棒吗？"

"嗯，我昨天买了几包。"

"那我们现在就去楼下玩吧。"沈余开心地伸手去拉言峥，等她反应过来场合不对想松开时，言峥已经反手将她牢牢握住。

沈余怕被言氏夫妇看见，着急地想要挣脱，谁知道言峥打定主意不放手。她只好给他使眼色，言峥心软，只好再次妥协。

两人拿着仙女棒下了楼，正好遇到几个小孩也手持着仙女棒在玩耍。他们两个大龄儿童混在这群孩子里，醒目又莫名带着几分和谐。

带下来的几包仙女棒即将燃尽之际，新年的钟声适时响起。不知哪栋楼里传来一声洪亮的"新年快乐"，随之而来的是更多的祝福声。

沈余拿着还未燃尽的仙女棒，开心地朝言峥大喊："二十岁的言峥，新年快乐！"

言峥看着眼前女孩在烟火映衬下无比动人的脸，笑起来："二十岁的沈余，新年快乐！"

在仙女棒的星光碎屑里，言峥收到了沈余特意为他准备的新年礼物。这是一个手工制作的银戒指，戒指内刻着“YZ”两个字母缩写。

当言峥将戒指戴上的同时，沈余掏出另外一个刻有“SY”两个字母缩写的同款银戒指，戴在了自己手指上。

唯愿往后余生，都是你。

2

大年初五，言氏夫妇去亲戚家喝喜酒，说好当天就回来。

当晚返程前，言桐书打电话跟言峥说了大概到家的时间，让两人别等，早点睡觉。但是言峥也不知自己到底怎么了，老觉得心里不踏实。沈余安慰了他几句，然后陪他一起在客厅等着。

言峥坐在沙发上一直眉头紧蹙，时不时看一眼时间。或许是因为心有所虑，所以总觉得时间过得特别慢。沈余被他影响，渐渐也开始焦虑不安起来。

预估的抵家时间点已经到来，父母却还没到家，甚至连电话都打不通，言峥再也坐不住了。然而就在他刚起身的一瞬，电视画面里突然插播了一条紧急新闻。新闻里说二十分钟前本市某段高速路口突发重大多车连环相撞事故，伤亡人数正在核实。

两人还来不及做出反应，言峥的手机铃声就响了起来。

“请问是言桐书和夏明月的家属吗？”

“我是！”

“言桐书和夏明月发生了交通事故，目前正在江城市第一医院抢救，请……”

言峥呆了几秒，很快反应过来，衣服都顾不上拿，冲出了家门。

沈余不知道电话是谁打来的，也不知道电话的内容是什么，但是见到言峥的反应，她心里咯噔了一下，连忙抓起桌上的钥匙，又拿起他的外套，追了出去。

出租车里，言峥牙关紧咬沉默地坐着，双手紧紧捏握在一起却依然颤抖不已。

长这么大，他第一次真真切切感受到害怕与恐惧。他拼命抑制自己的想象，生怕一不小心那些不好的就成真了。可越是逼迫自己冷静，就越不得其法，刚才电视里一闪而过的惨烈新闻画面仿佛被按下循环播放键，在脑海反复不停地播放……

上车时听到言峥报出的目的地，沈余心里就有了不好的预感。此刻，她想都没有想，直接伸手覆盖住他颤抖的手，“阿峥，你别怕，我们有两个人呢。”

言峥侧过头看向身旁的女孩，微暗的光线里，明明她也担心害怕得要死，却红着眼睛努力安慰他，两个人在一起的话就不那么害怕了。

他轻轻地点了点头，想朝她露出笑容，告诉她自己不怕，却怎么也笑不出来。

因为这场突如其来的重大交通事故，深夜的医院急诊室异常忙碌，好些休假的医生都被紧急叫回岗位。

言峥和沈余匆忙赶到的时候，被告知言桐书因为伤势过重在送往医院的途中停止了心跳，而夏明月正在移动病房里抢救。

言峥强行压下所有翻涌的情绪，跑向母亲所在的移动病房。刚走到移动病房门口，正遇上即将被送往抢救室的夏明月。

言峥看到移动病床上脸色惨白身上带着血迹的母亲，瞬间喉头涌上一股腥甜。他哑着嗓子对还有几分意识的母亲说："妈，我是小峥，我来了，你一定会好起来的……"

夏明月虚弱地看着自己的儿子，下意识问："你爸……"

言峥无声张了张口，隐忍了一路的泪水决堤了。

"别哭……"夏明月看到这个从小就不爱显露情绪的儿子，双目赤红，脸上满是泪水，想抬手帮他擦眼泪。可是这么简单的动作，她却无能为力了。兴许，此后再也没有办法了。

"你爸……一直想……让你出国念书……可、可惜、等不到了……"夏明月仍然觉得遗憾。

之前言峥高考结束收到了好几封国外著名大学的录取通知书，他们都希望他去，可是他却不愿意，父子俩还因此大吵了一架。直到后来，大家各退一步，等大学毕业，言峥再去国外继续深造。

“对不起……”往事一幕幕浮现，言峥被愧疚感压得喘不过气来。

“傻孩子，是我们对不起你……”对不起，再也没办法照顾你了。夏明月的气息一点点减弱，“你和小余要好好的……”

夏明月被送进抢救室里进行紧急抢救。

抢救室外的长廊里，沈余和言峥焦急地等待着消息。等待的时间多一分多一秒，都让他们内心备受煎熬。

不知过了多久，抢救室的灯光终于熄灭。

医生从里头走出来，手心早已满是冷汗的言峥，立即冲上前去。然而，他的话还没问出口，摘下口罩面色凝重的医生已经摇了摇头：“抱歉，我们尽力了……”

所有的声音仿佛都在这一秒沉寂，言峥耳边只有医生的死亡宣告循环着。

他觉得自己好像听懂了，又好像没听懂。脑子里乱糟糟的，双脚像灌铅般沉重，身体的每个毛孔都如针扎般痛。他想追上前去问医生什么意思，一抬脚，却一个踉跄差点摔倒，幸好身旁的沈余及时扶住了他。

“阿峥……”沈余哽咽着，拼命告诫自己要忍住泪水，可是刚喊完这一声，立马泪奔了。

言峥看向她，想和她说别哭，想告诉她医生在开玩笑，一张口好似被人当场扼住了喉咙，拼命想发出声音，最终只能徒劳地发出一阵晦涩又难听的声响。

今天早上出门前，还笑盈盈和自己挥手再见的父母，此刻怎么就成了两巨冰冷的尸体了呢……

医院冰冷的长廊里，消毒水的味道弥漫。

有低低的呜咽声传开，夜愈加黑沉，仿佛再也不会迎来黎明。

言峥和学校请了一星期的假，开始处理父母的后事。沈余自然也留了下来。

那天，在医院冰冷的长廊里，言峥将头埋入沈余的颈窝，痛哭了一场，后来就再也没有掉过一滴眼泪。

沈余其实更希望他能哭出来，或者把那些憋在心里的情绪全部发泄出来，可是他没有。表面上看，他已经接受了这个噩耗，可是身体的反应却骗不了人，短短几天就瘦了一大圈。沈余看在眼里，心疼的同时又无可奈何。因为道理谁都懂，关键还是要等当事人自己想开。

言峥在冷静地处理完所有事宜后，收拾好行李，和沈余一起踏上了返校的列车。

返校后，言峥比以前沉默寡言了许多，每天不是上课，就是泡在图书馆和实验室。言峥父母去世的消息只有极个别老师知道，甚至连室友都没说。所以当有人来询问言峥变化的原因时，沈余选择了守口如瓶。

沈余每天绞尽脑汁想着拉言峥出去转一转，散散心。言峥不仅无动于衷，还拉着她一起学习。

某天，两人坐在一起学习。

言峥突然问了一个问题："沈余，你有想过出国留学吗？"

沈余摆摆手，吊儿郎当道："出什么国呀，就我这样的肯定连托福都考不过。"

言峥却没有就此结束话题，反倒追问："如果能考过的话，你愿意出国吗？"

"如果能考过，那我肯定愿意啊。"

沈余就这么随口一答，言峥却记在了心上。

此后，言峥开始着手给沈余布置了一堆英语方面的超纲习题，让她认真作答。每每她敷衍了事的时候，他就会流露出失望的表情，仿佛她做了天大的错事一般，于是她只好举白旗投降。

生活就这样在高强度的学习节奏里一步步往前继续着，并没有因为谁难过悲伤就按下暂停键。

四月初，北城的桃花终于缓缓盛开。

这天，两人的约会地点选在了学校附近的咖啡馆。

沈余到的时候，言峥正在电脑上弄着什么英文类的材料。沈余还没看清楚，言峥就已经将电脑屏幕合上了。

沈余倒没怎么放在心上，毕竟这段时日他一直都这样。在言峥对面坐下后，她晃了晃手头的一张桃花节宣传单，压低的声音里有难掩的兴奋："阿峥，听说下周平谷那边会举办桃花节，我们到时候也去玩吧？”

言峥皱眉看着她，语气不悦：“沈余，你能不能别老想着玩？”

沈余满腔热情被当场浇熄，脸上灿烂的笑也因为他的话而僵住。她张了张嘴，想为自己辩解：“我——”

“先把这张卷子做完。”言峥打断她的话，将早已准备好的测试卷递到她面前。

沈余看着面前的英文试卷，没吭声。已经有一段时间了，他的眼里好像只有卷子，每次见面，他都只会让她埋头做试卷，而且她的每一次认真作答，在他眼里都是态度不端正。可是她不是机器呀，时间一长，她也会伤心的啊……

对面的言峥似乎没有留意到她的低落，拿出手机调出秒表，按下开始键，说：“倒计时一个小时。”

沈余低头看着面前的英文阅读测试卷，没动。

言峥按了按眉心，语气满是无奈：“小鱼儿，别耍小孩子脾气。”

有些事情，他想解释，却又无从开口。但他知道她的性格，不严厉一点，她便没办法在短时间内提高英文水平。

“……你刚才好凶……”沈余小声控诉。

“对不起，我有点心急。所以，”言峥伸手亲昵地捏了捏她秀气的鼻子，“人美心善的沈余小仙女，请问你可以原谅我吗？”

沈余被他逗得扑哧一声捂嘴笑了起来，前一刻的不开心顿时消散得无影踪了。她点点头，拿起笔开始乖乖写试卷。

天真的沈余原本以为搞定眼前这张试卷就没其他事情了。结果，言峥手里的试卷就跟割不完的韭菜一样，一茬接一茬。

感觉身体被掏空的沈余写到一半，趴在桌上装咸鱼：“呜，阿峥，这么多的试卷我可以留着明天做吗？”

言峥正在批改沈余刚才已经做完的测试卷，语气温和道：“那你放着吧，剩下的等会儿我来写。”

“哎，好吧，好吧，为了以后不拖我家阿峥的后腿，我没在怕的啦！”舍不得自己家阿峥辛苦的沈余，只得重新拿起了笔。毕竟是自己家的男朋友，当然得自己哄着啦。

言峥看她为自己妥协的模样，唇角眉梢有了久违的明媚笑意。

沈余偷偷抬头瞥了言峥一眼，总觉得言峥有点奇怪啊，怎么突然间这么开心？她刚刚好像没说什么啊？不过他能开心最好咯。

等沈余按照规定的时间写完言峥精心准备的所有试卷，一个下午的时光就这么结束了。

咖啡馆里，言峥将沈余完成的关于写作部分的测试卷批改完，然后和沈余一起将桌上的物品都收拾好，最后才进入正题：“考卷我都看完了。”

“然后？”沈余看到他严厉的表情，莫名有些忐忑。

“进步神速。”言峥唇边露出久违的轻松的笑意，伸手揉揉她乌黑的发顶，“最近辛苦了，晚上带你吃大餐犒劳一下，有没有想吃的？”

“不会是打算等下吃完把我留下来洗碗抵债之类的吧？”沈余狐疑地看着他。

“本来没想到，但是既然你提议了，不妨一试。”

……沈余脸上一黑，她好像体会到什么叫搬起石头砸自己的脚了。

言峥见她信以为真的傻样子，轻快的笑声在黄昏的光影里一点点荡开。他主动牵起她的手：“走吧，傻姑娘。”

两人最终去了附近商场里大众点评票选第一的西餐厅。轻柔舒缓的音乐，恰到好处的灯光以及桌上摆放的迷人鲜花，小资又温馨。

这是自江城返校后，两人第一次真正意义上的约会。沈余细细打量着眼前的言峥，他眉目舒展，唇边漾着笑，似乎终于走出了阴霾。

她举起手里酒精度数非常低的果酒，主动与他碰杯：“阿峥，我敬你，祝我们越来越好！”

言峥明了她话中的深意，深邃的眸光里隐隐有泪光闪烁：“嗯，祝我们越来越好。”

祝未来的每一天，都胜过当下。祝我们前程似锦，万事胜意。

祝年年岁岁，花似人同。

言峥原本从图书馆离开时还计划趁着吃晚饭的间隙，给沈余讲解一下她刚才考卷上的几个细微的错误。但最后，他改了主意，选择留给彼此一个美好愉快的夜晚。

两人吃完饭已经是晚上九点。

商场距离学校也就两站路，两人搭乘地铁返程，出了地铁口，慢悠悠往学校走去。天上皎洁的月光铺洒下来，让人心情舒畅。

言峥状似随意地问沈余:“这个月十七号你有没有什么安排？”

“十七号？没有。”沈余摇摇头。

“把那天的时间空出来，我有事找你。”言峥顿了顿，补充了一句，“待在学校，哪儿也别去。”

“好。”沈余总觉得他好像有什么事在瞒着自己，现在距离十七号还有十天，她按捺不住自己的好奇心，追问道，“到底什么事啊？感觉神神秘秘的。”

“到时候你就知道了。”

“……好吧。”

两人刚走到校门口，言峥接到了室友寇北的电话，让他帮忙去学校对面的炸鸡店里带一份炸鸡和饮料。

学校正门的大马路上一向车流很多。言峥让沈余留在原地，自己独自走到对面。沈余乖乖在原地等他，过了十几分钟，她抬起头来，正好看见站在马路对面等红绿灯的他。

他穿着干净的白毛衣站在昏黄的路灯下，隔着川流不息的车辆和人海，静静地看着她，脸上似乎带着温暖的笑，这一幕仿佛要永久定格在时间的长河里。

■□■ 3

好奇心是个磨人的小妖精。

因为言峥的一句话，沈余绞尽脑汁思考了很久，也没能想明白言峥究竟找自己何事。

直到十六号那天晚上，她快把手机日历盯出两个窟窿之际，目光落在农历三月十三那一行小字上，猛地一拍脑门恍然大悟。这一天是她和言峥的生日！

所以，他是准备在生日这天给她一个大惊喜？

沈余立马从床帘里探出脑袋："晶晶，你上次说的那家可以手工 DIY 蛋糕的店叫什么？离学校远吗？"

"我好像有名片，我找找看。"

"好的。"

"你怎么突然问这个？有人过生日啊？"

"没，我就是对这个有点兴趣，想尝试一下。"沈余不太好意思告诉她们十二点过后就是自己的生日，所以选择了否认。

等接过胡晶晶找出来的名片后，沈余立即翻身下了床，去了阳台外面打电话预约明天八点五十去店里自制生日蛋糕。

搞定这一切后，她又给言峥打了个电话，打算和言峥另约时间。

然而，言峥的电话连续打了两遍都没人接听。打到第三遍的时候，电话终于被接通，但是对方一开口，沈余就发现不是正主。

“徐莫？”徐莫因为姜蔓冬的关系，和沈余一行人疏远了许多。沈余对着他就觉得尴尬，但还是礼貌地问道：“言峥在吗？能不能麻烦你帮我把手机给言峥，我找他有事。”

“他现在不在寝室，手机没带在身上，你有什么事？等他回来，我帮你转达吧。”

“哦，是这样的，我和他本来约好了明天早上八点碰面，但是我明天早上临时有点事，所以能不能麻烦你帮我跟他说一声，改成十一点再碰头？谢谢。”

“好。”

此时的男生寝室里，只有徐莫一个人，言峥等人刚被其他寝室的人叫走了。徐莫想起这学期以来，因为沈余而不断疏远自己的言峥，心情顿时变得微妙。徐莫看着通话记录愣了几秒，不由自主地按下了删除键。随后，他将手机放回原处，假装什么事情都没有发生过。

四月十七日，天阴沉沉的，仿佛随时会下雨。

沈余的心情则和室外的天气完全相反。她起了个大早，然后跑去食堂吃完早餐，八点不到就背着双肩包出门挤地铁了。不过走在校园里，她看到了特意设立的前往理科一号楼考点的醒目指示牌，才知道原来今天学校有托福考试。那一瞬间，她总觉得自己似乎遗漏了什么，但最后她选择了不理睬。

而她不知道的是，八点整，言峥的身影准时出现在了女生寝室楼下。

言峥在楼下等了几分钟，眼见时间紧迫，他只好给沈余打电话。可是令他奇怪的是，沈余的电话居然没人接。

托福考试八点半之后就禁止入考场了，八点十五分考生陆续进了考场，言峥在连续给沈余打了好几遍电话都无人接听之后，当即给沈余的室友打电话。

由于是周日，胡晶晶等人还在睡懒觉。胡晶晶接到言峥电话的时候还一副睡眼蒙眬的样子。

“胡晶晶，我是言峥，能不能帮我喊一下沈余？”

“好。”胡晶晶拉开床帘，发现沈余床铺的床帘不知何时已经拉开，露出叠得整整齐齐的被子。她爬下床，在寝室转了一圈，得出结论，“小鱼儿好像出去了，不过她的手机落在书桌上了。”

言峥听到胡晶晶的话，沉默了好几秒，才问：“请问你知道她去哪儿了吗？”

“这倒是不清楚，你这么急找她什么事啊？等她回来了我第一时间转告。”

“不用了，谢谢。”言峥礼貌地结束通话，在原地站了许久，拿着透明考试袋的手指因为用力而泛白。

他此刻的心情就好像打羽毛球的时候，一个球飞过来时，明明有十足的把握能够回击，用力挥拍却扑了一场空；又仿佛满心期待得到回应地捧着真心递过去，却被对方冷冷摔在了地上。

时间慢慢流走，考试的长铃响遍校园。天空不知何时飘起了蒙蒙细雨，他孤身站在原地，任凭细雨一点点淋湿他的衣衫以及那颗原本炙热的心。

两个多小时后，沈余喜滋滋地拎着新鲜出炉的蛋糕回到了寝室楼下，被站在小卖部屋檐下却浑身湿透的言峥吓到了。

这一刻，言峥所有的失望和怒火被沈余脸上还未完全褪去的笑意点燃。他盯着她，声音暗哑：“沈余，你去哪儿了？”

沈余将手里的盒子献宝似的递到言峥面前：“我——”

“沈！余！你到底有没有把我的话记在心上？”沈余的话才刚起了个头，言峥已经愤怒地抬手将眼前的礼盒挥开。

沈余一时没拿稳，而言峥那一下又太用力，啪的一声，礼盒被摔落在湿漉漉的地面，再经过雨水的冲刷，精心制作的奶油蛋糕就这样变成了面目全非的垃圾。

沈余搞不懂他突如其来的愤怒究竟是因为什么，她看着地上那个自己费心费力亲手做的蛋糕，委屈一层一层往上涌。

“言峥，你简直莫名其妙！你知不知道我花了多久才把它做好？你可以不喜欢，但是你凭什么把它摔了……”沈余说着说着，声音里渐渐带上了哭腔。

“呵，我莫名其妙？你还记得你答应过我什么吗？你知不知道我等了你多久？”言峥将手里捏了很久的透明考试袋扔在地上，“沈余，如果你一开始就做不到，为什么还要答应我？”

沈余还是没怎么听懂他的怒气点在哪里。她昨天不是已经跟他约好将碰面的时间改成十一点吗？地上透明的考试袋里映出一张非常熟悉的照片，沈余弯腰捡起来，终于看清楚了，那是一张托福考试的准考证，而那上面的名字和照片，赫然是她！

“托福？我没报过名啊……你怎么会有这个？你帮我报考的？”沈余简直不敢相信。

“你不是说过要和我一起出国？”言峥不懂她的反应为何如此震惊。

“我什么时候说过这种话？”沈余满头雾水。

“你不是说，如果托福能过，你就愿意出国留学？”

“别搞笑了！像我这种人怎么可能会通过托福考试？”沈余说完，就看见言峥无声笑了起来，眼神却是凉的，比砸落进她脖颈的雨水还冰凉。

言峥什么都没再多说，在沈余的目光里，一头扎进了越下越大的雨里，头也不回。

人生最可笑的，是什么呢？不是彼此规划不一致，而是她压根就不愿意为了他而努力。

沈余盯着地上烂泥似的蛋糕，默默找来扫把和畚斗将地面清理干净，才转身慢慢上了楼。室内，胡晶晶正坐在桌前化妆，见到沈余回来，立即道：“小鱼儿你去哪了？怎么把手机落下了。言峥一大早就打了好几个电话找你，你给人回个电话。”

“不用回了，我刚才已经见过他了。”沈余拿起自己落在书桌上的手机，果然看到八点左右有几个来自言峥的未接来电。她总觉得有什么地方不对劲，可是现在脑子一团麻什么也想不起来，身上也提不起一点劲来，索性爬回床上睡觉。

结果这一觉就将周日剩下的时间都闷头睡了过去，就连周一的课程也被她翘掉了。

之后，沈余又开始恢复与室友们共同学习，同进同出。

与此同时，言峥回到寝室后，枯坐了一整天，随后因为没有及时更换身上的衣物半夜开始发起了烧。等他的室友们发现，已经是几天之后的事情了。那时候，言峥已经靠自己的毅力熬过了这一劫。

两人的异常，立即引来了各自室友的关心，可是谁也问不出个子丑寅卯。

言峥在经过好几天的辗转反侧之后，调整了原先的计划，开始着手整理自己那份留学申请材料。气归气，既然她不愿意出国，那么他就只好尽量缩短时间，提早回来。

言峥没有将自己的计划告诉任何人，他打算等到申请通过再找沈余好好聊一聊。而沈余呢，一方面是自尊心作祟，没有找到契机主动言和；另一方面是期盼着言峥会主动找自己，结果左等右等也没见到人，于是只好就这么持续冷战着……

某天，言峥正在寝室里填写申请表。徐莫无意间从言峥身后走过，看到他的电脑屏幕，顿时愣住，因为电脑屏幕上显示的是国外某著名大学的申请表。

当晚，徐莫和姜蔓冬在一起吃饭。姜蔓冬主动问起了言峥的事情："沈余和言峥好像分手了。言峥现在怎么样？还好吗？"

"他应该是打算出国留学，我今天看到他在电脑前填写申请表。"

"是吗？哪个大学啊？"

"蔓冬，你还没死心吗？"

"如果他们在一起很好，我当然会死心，可是他们现在分手了。阿莫，你帮帮我好不好？"

徐莫深深地看了她一眼："……好吧。"

很快，姜蔓冬就从徐莫那里探到了自己想要了解的信息，紧接着她也开始着手整理国外留学所需的各种材料。好在她高考前就已经高分通过了托福考试，所以不用再考一次。

时间如流水般逝去，北城的春天就这样悄无声息落下帷幕。

这天下午，沈余上完这学期的最后一次家教课，坐上了返校的公交车。也不知道是初夏的阳光晃了她的眼，还是公交车外那对手牵手步履蹒跚走在路上的老年夫妇给了她极大的震撼，她决定要好好珍惜时光，不和言峥闹别扭了。

沈余打算先回一趟自己的寝室，把东西放下，然后再去找言峥。她刚走到寝室门口正准备推门进去，听见有不太熟悉的女声传了出来——

“蔓冬，恭喜你被S大录取呀。我听说言峥也被S大录取了？”

沈余推门的动作因为这句话透露出来的信息而僵住。另外一个陌生的女声也在这时候响了起来：“我也听说了。话说蔓冬啊，你和言峥该不会是提前约好的吧？怎么这么巧？”

沈余只觉得全身的血液都往脑袋上冲，浑身冰凉。言峥被S大录取了？和姜蔓冬一起？仿佛全世界都知道这件事，唯有她被蒙在鼓里。

“嗯，我们以前聊过这个话题。”姜蔓冬声音里带着轻快又愉悦的笑意。那笑声落在沈余耳朵里，却犹如细密的针，扎得她生疼。

“难怪，所以蔓冬你和言峥现在是在一起了吗？”

“这还用说？他们肯定在一起了……”

调侃的声音一字不漏地传进沈余的耳朵，她一时不知该如何形容自己此刻的心情。她深呼吸一口气，用力推开门走了进去。

大概是沈余脸上的神色太吓人，又或许是背后说人被逮个正着，原本正在嬉笑的两位外寝室的女生见到沈余出现瞬间噤声。

沈余冷冷扫了她们一眼，没再理会她们，将自己手上的东西往书桌一扔，转身出了寝室。室外新鲜的空气扑面而来，沈余靠在门边的墙上缓了缓这突如其来的晕眩。

下一秒，她听到门内有幸灾乐祸的讨论声传来——

“脾气好大……”

“怪不得言峥和她分手了……”

“看她这样子会不会压根不知道言峥被S大录取的事情呀？”

“有可能哦……”

“其实我一直搞不懂言峥当初喜欢沈余什么……”

“我倒觉得蔓冬和言峥更般配……”

这世上，最伤人的，果然还是言语啊。

沈余以为自己早就练就一身刀枪不入的本领，却原来还是道行太浅。

寝室楼里时不时传来各种女孩的谈笑声。沈余独自在楼梯的台阶上坐了许久，最后还是掏出手机给言峥打了个电话。

言峥正握着手机准备给沈余打电话，告诉她自己收到S大录取通知书的事情。所以电话一响，他立即接了起来。

沈余直入主题：“你在哪儿？”

“寝室。”尽管这一个月以来，双方都没怎么联系，但言峥还是一下子就听出了沈余的不对劲，他关心道，“你没事吧？”

“我现在过来找你。”沈余没回答他的问题，说完这句话就结束了通话。

天边的夕阳不知何时落了下去，校园里的夏蝉一声声恼人地叫着。沈余快步从校园的小径穿过，直奔目的地。

言峥一见到沈余，立即发现她的不对劲。她的眼圈有些微红，略显苍白的脸上带着几分郁色，嘴唇紧抿，仿佛在隐忍着什么。

他皱眉，用手背去探她的额头：“发生了什么事？”

沈余却仿佛被什么东西烫到，后退一步避开他的动作：“言峥，你是不是收到了S大的录取通知书？”

“……是。”

“姜蔓冬和你一起被S大录取了？”

“……是。”言峥悄声叹息。他的傻姑娘啊，大概又开始胡思乱想了吧？

言峥正打算开口解释，谁料沈余心中压抑了一路的负面情绪突然爆发：“言峥，既然你已经选择了姜蔓冬，为什么不跟我直说？我的男朋友要和别的女生出国，而我却只能从别人口中听说和验证？玩弄我的感情很好玩吗？既然这样，那就如你所愿，我们分手吧！”

她说完，转身就走。手臂突然被人拉住，一回头，对上言峥深邃的眼眸。他的目光仿若在看一个无理取闹的孩童：“沈余，分手这两个字别轻易说出口。”

沈余还以为他会解释什么，然而他没有。只此一句，再无其他。

她白了一张脸，甩开他的手，转身跑开，隐忍的眼泪再也控制不住簌簌往下掉，心里的委屈仿佛要将她淹没。可身后只有夏风吹过，无人追来。

这日之后，言峥主动找了沈余好几次，沈余都避而不见。

北城大学的期末考试安排在六月中旬，全校如往年一样开启了全民复习热潮。

沈余和室友们窝在一起复习，看起来似乎没什么大变化，可是时常会走神，等回过神来，她才发现自己在课本上写满了言峥的名字。

室友们将这些看在眼里，拐着弯劝她和言峥坐下来好好聊一聊，有什么误会就说开，不要让某些人的计谋得逞云云。

明明心里早已松动，她却依然选择当一个锯嘴葫芦。

就像歌里唱的那样，爱是折磨人的东西，却又舍不得这样放弃。爱是恨不能立即朝你狂奔去，却又不停揣测你的心里可有我姓名。爱是反复告诫自己放弃你，却依然抵不过漫上心头的我爱你。

在沈余又一次对言峥避而不见后，冷眼旁观许久的姜蔓冬忽然主动找上了沈余。沈余一见到姜蔓冬就想掉头走人，却被姜蔓冬挡住了去路。

“沈余，你知道吗？为了你，言峥决定放弃这次出国留学的机会了。”姜蔓冬脸上露出嘲讽的笑意。

“你说什么？”沈余被姜蔓冬的话惊到，下意识抓紧她的手臂，“你说阿峥他——”

姜蔓冬扯回自己的手臂：“沈余，言峥和你不同，他会有更广阔的天地。未来的几年，你们之间的差距只会越来越大，你只会成为他成功路上的绊脚石。所以如果你真的是为他好，请你好好劝劝他，别自私地耽误他的前程。”

“我去找他！”沈余丢下四个字，立即跑去找言峥。

其实，她压根就没留意姜蔓冬后面讽刺打压的一大串话，因为她的注意力都集中在言峥要为了自己放弃出国留学这个消息上了……

夏日的热浪，扑面而来。

沈余却不管不顾，一头扎了进去。

男生寝室里，言峥正在书桌前看书，放在一旁的手机突然响了起来。

电话一接通，立即传来沈余久违的甚至还带着几分怒气的声音——

“言峥！你下来！我有话跟你说！”

言峥微微愣了愣，随后反应过来，立即跑到阳台上，果然看到楼下站着一个熟悉的身影。他连忙转身往楼下跑去。

大概是一路跑过来的缘故，她的气息还有些喘，脸色也有些微红，可依旧能看出这段时日过得不太好。言峥努力克制住想要拥她入怀的冲动：“你……有什么事吗？”

一见到言峥清瘦的模样，沈余就忍不住心疼。

“你要为了我放弃出国？”话一出口，沈余就有些想哭。他们在一起后的几次争吵，都是因为这个话题。

“……这是我自己的选择。”言峥不想多谈，也不想她因为自己的决定而觉得有负担，“如果没其他事情的话……”

沈余直接打断他的话，“不行，你不能因为我而放弃学业！虽然我不能和你一起去留学，但是我会在国内等你回来的！”

“……你说什么？”

“我说，虽然我不能和你一起去留学，但是我会在国内等你回来！”

“你……”言峥一动不动，生怕自己刚才听错了。

“言峥，我想明白了。”沈余看着他深邃的眼，一字一句道，“我爱你，你也爱我，凭什么我们要就此错过？所以——”

“嗯？”

“你的解释呢？”

言峥失声笑起来，眼睛里有潮湿的水迹和耀眼的光。他伸手将她拥入怀里，认真而又郑重地说出那句告白：“沈余，我爱你。”

男生寝室楼里，不知道谁在大声放着音乐，有深情的女声在浅唱低吟。

有人说，只有傻瓜才会坠入爱河，可我情不自禁爱上你。

尾声

言峥出国那天，沈余送他去了机场。

言峥拉着她絮絮叨叨，全然没有往日的高冷："你平常别喝太多冷饮，对身体不好。如果有头疼脑热，记得一定要去看医生，别自己随便对付。注意天气变化，照顾好自己……"

沈余笑眯眯打断他的唠叨："知道啦知道啦，阿峥你就放心吧。我一定会好好照顾自己的！马上就要登机了，你快进去吧！"

话音刚落，广播里又催促了一遍言峥所乘的那趟航班即将开始检票登机的通知。两人对视一眼，言峥揉了揉她的秀发："小鱼儿，那我走了。"

沈余笑着点头："嗯嗯，下飞机以后记得跟我说一声。"

言峥转身的那一瞬，沈余脸上的笑就挂不住了。离别的情绪来得又急又猛，她三两步冲上前去，从后面紧紧抱住他。

言峥转过身来，捧起她满是泪花的脸，低头吻了上去。

身边不时有人匆匆而过，无人留意这场小小的分离。

可就算再不舍，离别也已至眼前。深吻结束，沈余红着眼睛轻轻推开了言峥。

"阿峥，你也要照顾好自己，一定要记得想我哦。"

"好。"

"那，再见。"

"再见。"

所有的故事，不管我们愿意与否，总有结束的时候。

但幸运的是，我们的生活中，每一个结局都会变成一个新的开始。

番外一

你是此生挚爱，亦是余生唯一

1

“小鱼儿，学校的老师和同学们都很友善，学校的学术氛围也很好，除了食物不合胃口……”

“这里的气温基本保持在 15 ～ 24 摄氏度左右，冬天的晚上有点儿小冷。你那里呢？北城冬天很冷，你自己要注意保暖，照顾好自己。”

“我认识了一些有趣的新朋友，以后有机会介绍给你们认识。”

“我在学校参加了一个很有趣的比赛，叫虚假研究竞赛。被邀请参赛的人员需要在三个月内根据已知的数学、物理、化学甚至生物原理发展出一个理论。这个理论完全来自脑补，但除了没有实验证实之外，它必须不违反已被证明的任何理论并在逻辑上自洽，比赛结束后拥有最少逻辑漏洞和最基础的理论获胜……”

“在国外什么都好，唯一不好的一点就是，见不到你……”

“小鱼儿，新年快乐！”

“对不起，今年不能陪你一起跨年了。”

“我订了回国的机票，等我。”

“对不起，我要食言了。因为突如其来的大暴雨导致航班全面取消……”

“祝我亲爱的小姑娘生日快乐！新的一年，开心的事情永远多过不开心。”

“小鱼儿，我收到你寄来的生日礼物了。今天室友看到我在翻你寄来的影集，兴奋地问我能不能介绍影集里面这个可爱的中国女孩儿和他认识。他觉得自己被爱神丘比特的箭射中了心脏。我说可以，等我和这个可爱的中国女孩儿结婚的时候，一定邀请他来观礼。他食欲不振了一天，最后得出结论，爱神丘比特一定是忘记戴眼镜了……”

“我现在刚离开图书馆，准备骑自行车回寝室休息。你呢？是不是正在食堂吃晚饭？”

“好的，我会听话尽量早点儿休息。”

“你在干吗？怎么都不理我……”

“哦，你在陪江江玩呢……那你好好陪玩，记得抽空来搭理我一下……”

“今晚，南加州有超级月亮，朋友叫我去看月亮，可我觉得今夜不适合赏月，只适合想你。”

“我昨夜做了一个噩梦，梦见你不理我了！所以今天白天我上课都在走神！你快点儿帮我想想办法……不然我觉得我会挂科……”

“听说学校里有男生在追你？好像还是学弟？嗯，我女朋友这么优秀，没有追求者才不正常。对方有留联系方式吗？把联系方式发给我，我和他们交流一下。”

“我放假了！订了后天回国的机票。”

“时间过得真快，我觉得我好像才放假，怎么眨眼假期就结束了……此刻坐在飞机上，我又忍不住开始想你了……”

“接下来这阵子我会很忙，消息可能会回复不及时，你要记得想我。”

“司法考试加油！相信自己，不要紧张，要有一颗平常心。”

“沈余同学，你要不要赏脸来参加我的毕业典礼？PS：不瞒你说，其实你是我提前毕业的唯一动力。”

“教授又找我聊硕博连读的事情了，我还在考虑。”

“好的，我会认真考虑你的建议。争取不任性。”

“小鱼儿，实习加油！”

“恭喜我的女孩儿顺利毕业了！！！很抱歉，没办法见证你人生中这么重要的时刻，不过我 PS 了一张我俩的合影，你觉得我这个 PS 的水平能打多少分？”

“毕业旅行记得注意安全，千万别和室友们走散，手机记得充好电，保持通信顺畅。”

“教授邀请我参加一个项目研究，为期一年。但是加入项目后，一年内都不能和外界联系……”

“没有，我还没答复。如果我加入那个项目，那么我们接下来整整一年都不能联系……”

“我去看看有没有明天回国的机票，我们见面聊。”

“我想你了……”

■□■ 2

“阿峥，你真讨厌！因为你一走，把阳光都带走了！”

“你知不知道，你走后，北城下了一个多星期的雨！我的衣服到现在都没干。”

“我今天看错了时间，打了辆的士飞奔到单位，结果我成了全单位第一个早到的员工。”

“嘤嘤嘤，这几天例假来访，血流成河……女性也太惨了吧，每个月都要经历这么一次流血事件……要不，下辈子咱俩换一下角色，我当男生，你当女生？”

“今天上班挨批评了，心情持续低落 ING。”

“也不知道你现在过得怎么样？有没有想我？我觉得你现在可能忙得没空想我吧。之前劝你加入那个项目的时候，我还以为自己可以努力少想你一点儿。但是，不想你真的好难。”

“我昨晚下班一不小心在客厅睡着了，今天起来头重脚轻，感觉整个人都在飘。”

“被感冒女神击中小心脏，血条持续下降。现在脑子快要烧坏的我正孤零零在医院挂水，你说我要是烧傻了，等你出关，我认不出你可咋办呀？”

“快看，我拍得初雪！今天和往常一样想你。”

“阿峥，晚安。”

“啊，早安。北城的冬天可真冷啊，想念把手藏在你口袋里取暖的日子。”

“连续加班了将近两个星期，今天上秤发现瘦了四斤。我给你发一张自拍，你到时候可千万别认错女朋友啊！！！”

“这个周末，我窝在家里把我们以前的聊天记录全部翻看了一遍。想你。”

“今天单位的大姐说要给我介绍对象！！！我说我有对象了。她以为我在找借口。我把我俩的合照搬出来给她看，她才放过我。难道我长得像单身狗？”

“阿峥！新年好呀！我今晚和晶晶还有瞿大一起去看跨年烟火秀了。不过，烟花再美哪比得上你眉眼半分。在我心里，我的阿峥最耀眼！”

“我有没有跟你说过一件事？晶晶和瞿大在一起啦！”

“今天是情人节，大街上都是手牵手的情侣。我随便进了一家餐厅，结果只提供情侣套餐……受到了一万点暴击……”

“头痛了好几天，今天终于决定请假去医院看病了……”

“医院消毒水的味道真难闻。阿峥，你要是在我身边就好了……”

“我今天下班不小心在地铁上睡着了……”

“今天不小心切到了手……”

“转眼春天又到了。倘若你也在，该多好啊。”

“接下来我会很忙，可能会忙到没空想你。这样其实也挺好的。因为一想到你，我就忍不住想哭……”

“今天和同事聊起异地恋的问题。话说，阿峥，如果有一天我坚持不下去了，你会不会很伤心啊……”

“想要你抱抱我，陪我说说话，就算只是和我互道早晚安也好……可是这些都变成了奢望呢……”

“这世间之事，放弃太容易，想要坚持又太难。”

“对不起，我可能要坚持不下去了……”

“言峥，我们分手吧。”

3

这世上，思念最磨人。

在长达一年不能联系的日子里，言峥除了工作，剩下的时间全部都被想念占满。

有一次，同伴无意间看到他画的素描，感叹说他肯定爱惨了画上这个女孩儿。他笑笑，大方承认。

亲爱的女孩儿，你是星光，是海浪，是年少的心跳，是最初的欢喜。

你是此生挚爱，亦是余生唯一。

九月，为期一年的项目研究终于结束。

言峥出关后第一件事，就是把手机充电开机，然后联系远在国内的小女友。

刚要按下通话键的那一瞬，他忽然想起了十几个小时的时差。这会儿国内是工作日的上午十点多，某人应该正在上班。于是，他只得按捺住打电话的冲动，转而登入了手机 QQ。

他出国留学后，QQ 就成了彼此间最主要的联系方式。她用的是后来注册的那个新 QQ，好友列表里只有他一个人。这大概算是两人之间一个甜蜜的秘密吧。

由于 QQ 一年不曾上线，无数条没有及时查阅的消息差点儿让手机 QQ 界面卡住。他曾将沈余的 QQ 设置了好友置顶，所以她永远排在他 QQ 列表的第一个。此刻，他第一时间点开了沈余跳个不停的 QQ 头像。

一年三百六十五天，八千多个小时，足以发生很多事情，不说其他，单单手机 QQ 的版本就更新了好几次。新老版本的区别在于，如果好友给你发了十条未读消息，你打开聊天窗口的话，旧版本会自动把聊天界面停留在第一条未读消息处，新版本则会自动把聊天界面停在最后那条未读消息处。

言峥的手机QQ还停留在旧版本，所以在看到沈余一年前发给他的第一条留言时，他忍不住失声笑了起来。

他看得很慢，一条条认认真真地看下来，深怕看漏或看错了。她的日常碎碎念里，饱含了所有对他的爱意与想念，他看得既心疼又难过。特别是看到她独自一个人去医院看病，自己却没办法陪伴在她身边时，他就特别自责。

然而，就好比电视剧再长，总会迎来尾声。再多的未读消息，也有看完的时候。

最开始是每天都会发消息，渐渐就变成了几天发一条消息，到了半年前她似乎开始忙碌了起来，消息就变成了一个月几条。当看到她那句“如果有一天我坚持不下去了，你会不会很伤心”时，言峥的心里忍不住咯噔了一下。

时间一点点推移，她的倦怠与沮丧毫不遮掩的袒露在他面前。她说这世间之事放弃太容易，想要坚持又太难。她向他道歉，说可能坚持不下去了。

最后的最后，时间停留在三个月前，她发了最后一条消息——

“言峥，我们分手吧。”

看到这条消息的瞬间，言峥只觉得全身的血液都凝固了。

他将那几个字反反复复地看了无数遍，几乎以为这是她跟他开的愚人节玩笑。可是没有，那个聊天框再也不能往下拖动半分。

他就那么握着手机，盯着手机屏幕愣了许久。

回过神后，他用颤抖的手指回复了一条消息：“小鱼儿，我回来了。你这个玩笑一点儿都不好笑……”

他枯等了很久，可那个熟悉的头像灰暗着，仿佛再也不会亮起来。

不知过了多久，理智终于回归了一点儿，随后言峥就反应过来，QQ联系不上并不是什么大事，他可以直接打电话给她啊。

可现实给了他狠狠一击，拨了好几次那个熟悉的电话号码，回应他的只有冰冷又公式化的语音：“您好，您拨打的号码是空号，请核对后再拨……”

言峥紧握着手机，前所未有的恐慌和不安袭上心头。

他连续做了好几次深呼吸，尽量让自己冷静下来后，开始查找沈余单位的联系电话。但令他惊愕的是，电话拨通之后，对方却说沈余在几个月前就离职了！

他立即又给在北城的胡晶晶等人打了一圈电话，竟没有一个人知道沈余的具体消息，只说沈余貌似去长途旅行了。他眉头紧蹙，找出了江江的电话号码，连续拨打了好几次都没人接听。他只得继续联系熟识沈余的同学和朋友，谁知沈余就好像凭空消失了一般，无人知晓她去了哪里……

他呆愣了好久，回过神后，买了最近一班回国的机票。

江江的电话回拨过来的时候，言峥正好又一次将沈余这一年来的所有留言翻看完。甜蜜被苦涩吞噬，满心欢喜变成了后来的挣扎放弃，像极了无数异国恋的最终结局……

电话一接通，江江透着无奈的声音立即在他耳畔响起：“言峥，你找我是因为小鱼儿吧？”

“说实话，我也不知道她到底跑哪儿去了。大概三个月前，她给我打电话，说她把工作辞了，还和你提了分手。她还说，如果你有问起她的话，就让我转告你，别找她了。我问她为什么，她只说累了，接下来打算去长途旅行。我再追问，她就什么也不肯说了。”

“我去北城找过她，可是这丫头太狠心了，搬了家不说，居然把号码也换了……”

江江随后又说了什么，言峥一个字都没听进去。心口仿佛缺了一个角，再也补不回来。可就算如此，他依然没有将机票退掉，而是飞回了国内。他一一约见了与沈余熟识的友人们，但没有得到更多关于沈余的消息。紧接着他又回了趟江城，找到了江江。

江江见到他，似乎并不感到意外。她一字不漏地转达了沈余当时的原话——

“言峥，对不起，我食言了。我以为我对你的爱能够战胜一切，可是异国恋真的太苦了。所以，回S大继续完成你的学业吧，别再浪费时间找我了。祝你幸福。”

言峥听完之后，一言不发，沉默良久。他在江城一直待到了假期结束，才带着满身寂寥返回学校。

此后，言峥给沈余发了无数条QQ消息以及无数封邮件，统统都如他所料——石沉大海。

其间，他又回了好几次国，但她仍音讯全无，没有人再见过她。她就这么悄无声息地消失在他的世界里，狠心又决绝，一并带走的，还有他那颗炙热滚烫的心。

4

几年后，曾经火爆的QQ逐渐被人们遗忘，微信成了主流。

极少在微信中发表日常的江江同学，突然在某天更新了自己的微信朋友圈。这条朋友圈的配文只有简短的四个字：最好的你。底下的配图，则是一张个人婚纱照。

这条图文消息一经发出，立即在短时间内引爆了朋友圈——

“江江你整容了吗？怎么变得这么漂亮？”

“哇，江江你结婚了？恭喜！！！这化妆师水平也太高了，你简直跟换了张脸一样！”

“新娘子也太漂亮了！这是你朋友吗？”

“啊？是我看错了吗？我怎么觉得新娘子长得好像沈余啊？？？”

“咦？沈余结婚了？和谁呀？言峥吗？”

“沈余和言峥几年前就分手了好吗？！虽然沈余长得很好看，但我还是心疼高中时代的男神……”

“神马？？？沈余和言峥最后没有在一起？？？再也不相信爱情了……”

“江江，快出来回复一下大伙儿的疑惑啊！或者曝光一下新郎的照片也成……”

“@天下无敌江江江　你倒是吱个声啊姐姐！给你发语音和视频都不接，连电话都关机，要不要这么狠……”

“啊啊啊原来沈余学姐和言峥学长这对神仙眷侣分手了？有好心人能科普一下发生了什么事吗？”

“说实话，沈余的颜值我一直是服气的！虽然遗憾他俩没有在一起，但既然已经分手，还是祝他们各自幸福吧。”

“弱弱举个手，这条朋友圈有屏蔽言峥吗？”

“都这么久了，人家言峥说不定已经有新的女朋友了。这世上，有几个人会像个傻子一样停在原地等着一个不会回头的人啊……成年人的世界，哪有那么多爱情？你以为还是念书的时候吗……”

江江没有回复过半句关于沈余的消息，发完这条朋友圈就仿佛消失了一般。评论里的另外一名当事人，也不曾在这条朋友圈评论或者点赞。

烟花易冷，笙歌会停，天下无不散场之筵席。关于我爱你这件事，慢慢会被时光掩埋，终于不再被人提起。

然而，旁人不曾得知的是，江江在更完微信朋友圈的同时，私下给远在加州的言峥发了一条微信消息：“她进手术室了。”

还有一张沈余穿着手术服被推进手术室的照片。

“好的。”

那些你不想让我知道的事啊，就让我继续假装不知道吧。

番外二

那些你以为我不知道的事

■□■ 1

寒冬雪夜，整个北城被一片白色覆盖。

言峥握着刚挂断通话的手机，站在落地窗前发呆。

方才这通电话是徐潘打来的，主要是询问他过年期间有没有时间回江城参加高中同学聚会。徐潘也知道他一向不爱参加这些聚会，所以在他拒绝之前扔出了一个重磅炸弹。

——沈余也会参加这次同学聚会。

不得不承认，在听到这个名字的瞬间，他就无条件投降了。

那些一起笑闹的青葱时光似乎还历历在目，可细数翻过的年历，才发现原来已经过去很多年了。

夜一点点深沉，思念却无处可逃。不知过了多久，寂静的房间里，突然有女孩儿娇俏的声音响了起来——

“阿峥，你怎么了？”

“阿峥，你别难过。”

“阿峥，我喜欢你。”

“阿峥，你为什么不理我……”

女孩儿委屈的声音在偌大的房间里响起，言峥终于从思绪里回过神。他侧过头，看向身旁身形娇小可爱的新型AI机器人，微微笑起来：“沈小鱼，我也喜欢你。”

“嘻嘻，我也超级喜欢我自己呀。”机器人开心地在原地转圈圈。

言峥脸上笑容渐隐，声音一点点低下去：“沈小鱼，你说我要不要去参加同学聚会……”

“去啊！同学聚会又不是龙潭虎穴！”

“……她会不会不想看见我？”

“阿峥，是男人就不要退缩！”

“……”

当晚，言峥给江江发了条微信消息：“江江，有空吗？我们见面聊一聊。”

2

天下无敌江江江：“大鱼、大鱼，紧急呼叫，收到请回答！收到请回答！”

天下无敌江江江：“今年正月初五有一场高中同学聚会，你要回来吗？回来吗？回来吗？重要的事情问三遍！”

沈余晨跑完回到家，看到手机微信里江江前一天晚上发过来的消息，拒绝得很干脆：“不去了，我身娇体弱，不适合来回奔波。而且我只念了一年就转学了，参加聚会不合适。”

江江发了一个伤心的表情：“嘤嘤嘤，臭鱼，这借口你都用烂了好吗？班上绝大多数都是原先你们高一〈1〉班的同学，徐小胖他们就差跪下来求我把你带上了……还有啊，你N年没回来，估计我站在你面前你都认不出我来了！友谊是个很脆弱的东西，你要是再不回来，我立刻就移情别恋你信不信？”

沈余抽了抽嘴角，无情拆穿好友：“不知道谁一天给我发无数次自拍张，我觉得就算化成灰我也会认出来的，所以这个借口你也用烂了。而且我要是没记错的话，咱们上一次见面好像是一个月前？”

江江装傻：“呵呵呵，是吗？你知道的，心宽体胖的人容易忘事儿。大鱼，你就回来嘛，我负责三陪，陪吃陪睡陪玩，怎么样？徐小胖发出口号，一个都不能少。我被委以重任，一定要把你带过去，要不然我也别参加了。重点是，徐小胖说今年我家男神大人一定会出席。亲爱的，为了我的幸福，你就牺牲自己吧。”

沈余一脸不快：“大江同学，还能不能愉快得玩耍了？我跟言峥你只能二选一！在你心里有我没他，有他没我！你自己选吧。”

江江发了个贱兮兮的表情：“有诗云：若为爱情故，友谊当场抛。你忘了当年我能够认识你，还是因为男神的关系吗？这就是传说中的缘分，断不了啊。”

"……"

沈余想起江江当年为了能认识言峥，走曲线救国的道路，主动跑来跟自己交朋友的往事，当场无言以对。

江江知道好友在逃避，只好正面出击："说真的，你真的不想再见一见言峥吗？"

沈余沉默了很久，才回了一条消息过去："他最近好吗？"

江江："我个你说的也只能算是道听途说，到底不如亲眼所见。既然放不下，不如趁此机会再见一面？至少以后也可以回想，不那么遗憾……"

沈余看着微信界面里江江的话，又是一阵长久的沉默。在文字回复框里反复删改之后，她给出答复："我考虑一下吧……"

然而说是考虑，心中早就有了决断。

因为，无论过去多久，你的名字，我一秒都不曾放下过。

3

不知是因为要重新踏上江城那片故土的缘故，还是因为即将与某个人重逢，沈余觉得从元旦开始一直到大年初五那段时间特别难熬。

幸亏再煎熬的日子，也有到尽头的那一刻。

聚会时间是当天下午五点半，地点在星光大酒店十楼的韶华厅。

沈余买的是初五早上的机票，本来说好去江江家吃午饭的，没想到人算不如天算，飞机晚点，等她抵达江城机场，差不多赶上聚会的时间点。

在接机口等了好几个小时的江江，一看到穿着咖色羊羔绒连帽卫衣搭毛呢半身裙，背着一个双肩包的长发姑娘，二话不说狂奔了过去。

沈余只来得及看见一个圆润的红色身影极速朝自己跑来，然后扑进自己的怀里。她笑起来，还没顾得说出那句“新年好”，江江同学已经哭得泪眼婆娑。

“呜呜呜，大鱼你终于平安落地了！我等你等的心都要碎了！早跟你说来我家一起过年，你非得等到今天！你这破脾气能不能改改？”

江江的言行举止引来周围一大批好奇的目光可她却又不自知，只想安静当一个路人甲的沈余无奈地拉开她，拿出纸巾替她拭去脸上的泪痕，嘴里附和道：“好好好，我改改改！以后只要大江同学叫我往东，我绝不往西，一切听从大江同学的指挥。千错万错都是我的错，您看在咱俩都是单身狗的份上，大方地原谅我吧？”

江江破涕而笑：“这还差不多！那我们赶紧走吧，你看我刚刚都饿瘦了。”

沈余闻言，笑眯眯地伸手捏了捏江江同学腰上的游泳圈：“亲爱的，你不是口口声声说想我想得都吃不下最爱的红烧肉了吗？怎么我感觉一个月没见，你这体重飙涨了不止一倍啊。”

“呵呵呵，其实长大后的我变成了传说中喝口水就会胖的那种人了。走吧，我们直接去酒店。”

“好。”

“不过，你怎么只背了个包来啊？”

“我买了明天回去的票。”

“……你！这！破！脾！气！”江江又气又心疼，但是对她又无可奈何。她这个好友永远都是这样，害怕给别人添一丝一毫的麻烦，所以遇到事情宁愿自己一个人扛，受伤了也不会主动求助，而是偷偷躲起来舔伤口。

就像当年，如果不是到了万不得已的地步，她可能永远也不知道原来好友放弃一切，居然是因为生了一场非常可怕的病！

大概是因为沈余消失太多年，圈子里流传了太多关于她的八卦和传说。所以，此番她一出场，立即受到了前所未有的欢迎。不，确切说应该是，被围观和 Diss。

“哇，沈余，你也太不够意思了！结婚也不请我们，好歹老同学一场……”

“就是，就是，当时还是从江江的朋友圈看到你的婚纱照。欸，你老公做什么工作的？这次怎么没带他一起来？这次聚会欢迎携带家属。”

“沈余，你是不是在吃减肥药？身材保持得也太好了吧……”

“沈余你现在在哪儿工作？怎么这么多年都不参加任何聚会啊？北城大学的高才生是不是瞧不起我们了啊？”

“哎呀，结婚了哪里还需要自己出来工作？有老公养着不就好了。”

“啊，说到这个，沈余你和言大男神当年为什么分手啊？”

“对啊，对啊，我还以为你们会结婚呢。不过听说言大男神现在发展得很好啊，沈余你有没有后悔啊？”

“没准沈余她老公比言峥赚得更多咧……”

“咦？沈余你怎么没戴婚戒啊？”

“欸？真的耶！沈余你这是钻戒太大怕闪瞎我们吗？哈哈哈。”

“难道是离婚了？”

江江看着这一圈尖酸刻薄的女同学，气就不打一处来。中途有好几次想要为沈余说话，都被沈余阻止了。相对比江江的气急败坏，沈余这个当事人反倒显得淡定多了。她一直笑眯眯地听着这些来自女同学们明枪暗箭的嘲讽，没有插嘴。

直到最后，她才微微抿了一口鸡尾酒，迎着众人的目光，慢悠悠地回道：“是啊，离婚了。”

沈余话音刚落，周遭顿时安静了好几秒，那些看向沈余的目光有同情，有不屑，还有幸灾乐祸。

沈余觉得无趣，目光扫了一圈，想见的那个人却没有出现，一颗心瞬间被遗憾和失落所占据。

江江察觉到了好友的意图，立即偷偷给微信里的某人发消息。

“偶像，偶像，你到哪儿了？你再不来，我觉得有人要打退堂鼓了。”

那边很快回了消息过来：

“雨天堵车，二十分钟后到。”

“帮我拖住，大恩不言谢。”

江江偷偷瞥一眼身旁的好友，迅速地回复：“没问题！”

此次聚会主打怀旧主题。

舒缓怀旧的音乐在大厅里缓缓响起，沈余的目光在三三两两谈笑的人群中来回穿梭，最终落在一旁的大屏幕上。大屏幕上滚动播放着他们所有人学生时代的照片，有正儿八经的毕业大合照，有课间嬉闹抓拍，也有集体活动的团结与泪水。

她静静地站在角落看着这些照片，最后郁闷地发现可能是从小养成的恶习，导致这么多年过去了，她居然还是习惯性地在人群中寻找与那个人有关的任何蛛丝马迹。

唉，有一种病叫无药可救。

沈余正打算收回目光，忽然被屏幕上那张放大无数倍的照片所吸引。

很寻常简单的一张合照，却因为照片中的主角是她和言峥，瞬间便有了特殊的意义。照片的背景是教室外的长廊，年少的他们穿着校服趴在栏杆上。她眺望着远方，而他的目光则落在她身上。

当年的拍摄者是如今的摄影师陈枫，看到她呆愣的模样，开心地走过来说道："怎么样？我的拍摄水平很不错吧？当年照片洗好后，效果惊人，言学霸看过之后顺手就把那张照片拿走了。本来是想着再洗一张出来给你的，但那时不知道底片被我放在哪里找不着了。直到最近收拾旧物突然又发现了底片，你要照片吗？我把照片洗出来再寄给你。"

沈余的思绪早在陈枫说言峥也留有这张照片时就飞走了。她想起照片拍摄的时间，那时与他刚刚和解没多久。

然而，青春跟当年课桌上越堆越厚的书籍一样，终究会远去。

她突然就觉得眼睛酸痛，仿佛一眨眼就有滚烫的泪水掉下来。

陈枫询问的声音再次传来，沈余赶紧点头说要，并迅速留下了联系方式，然后快步朝洗手间走去。

沈余刚躲进洗手间，立即听到洗手池处传来一段对话：

"你刚刚看到沈大胆跟男神的合照没？没想到沈大胆那恶霸还挺上镜的。你说沈余消失了这么久，突然来参加聚会，是不是想跟男神再续前缘啊？"

“上镜有什么用？她一个大龄离异女青年，男神是事业有成的黄金单身汉，再续前缘什么的，别妄想了！不过话又说回来，幸好当年她和男神分手了，你看我有没有戏啊？”

“哈哈哈，你加油！！！其实我要是沈大胆，我才没脸来参加同学聚会呢。”

“就是，不过你忘了吗？她一向脸皮比铜墙还厚，当年偷了罗公主的手机不是还死活不承认吗？”

“啧啧啧，所以说知人知面不知心啊。哎呀，你说男神怎么还没到啊？我今天可是特意来见他的，可惜蔚大少已经结婚了……要不然蔚大少也是个绝佳人选……”

“安啦，徐小胖不是说男神正在赶来的路上？对了，你觉得沈大胆当年高考有没有作弊啊？考那么高的分数，太让人怀疑了。”

“嗯，我觉得可能性非常……”穿着性感抹胸裙的女人还没把话说完，突然看到镜子里抱胸而立似笑非笑地站在自己身后的沈余，当即吓得差点儿失声尖叫。

沈余看着这两个完全记不起名字的女同学，好心询问：“说得挺精彩的，怎么不继续说下去？”

那两位恼羞成怒：“沈大胆你有病啊！悄无声息站在人背后，是想吓死人吗？”

沈余还是那副似笑非笑的表情，语气倒是稀松平常像在聊与自己无关的话题：“想死其实挺容易的啊，干吗非得是吓死，那样死相会很难看的。”

那两位女同学本就心虚，再加上碍着她的余威不敢回呛，只好连妆容都来不及补就匆忙离开了。

沈余独自一人站在镜子前许久，最终用冷水给自己洗了一把脸。其实哪有什么秘诀可言，她的秘密武器不过是他罢了。

从头到尾，都只是他。

言峥出现时，沈余刚刚被在场男士们封为“话题终结者”。

因为但凡有男同胞过去搭讪，无论什么话题最终都在她绕不开的“是吗？”二字真言上铩羽而归。所以就算沈余长得再令人心动，笑容再迷人，他们都只能遗憾远观。

沈余正好乐得清闲，开始琢磨待会儿见到言峥，该如何打招呼。

只是她还没想出问候的台词，宴会厅门口便传来了一阵骚动。她隔着人群远远望过去，记忆中那个给她讲解知识的冷冽少年，如今一身简单的白衣黑裤，手里挽着深色大衣，优雅从容地站在人群中，像聚集了全世界的光芒。

她忽然想起大一下学期的某天夜晚，他去学校对面的便利店帮室友买东西，她站在便利店门口边玩手机边等他。等她从手机屏幕上抬起头，正好看见站在马路对面等红绿灯的他。

他穿着干净的白毛衣卓然立于昏黄的路灯光下，隔着川流不息的车辆和人海，安安静静地看着她，脸上似乎带着温暖的笑，仿佛要永久定格在时光的长河里。

那时候，她真的以为，青春，很长……

假若他日相逢，我将何以贺你？以眼泪？以沉默？

然而事实是，你只是投过来一个不带情绪的眼神，我所有的勇气就都在那个瞬间消失殆尽了。

在言峥的眼神望过来之际，沈余落荒而逃。言峥看着她逃跑的身影，立即抛下众人，迈开大长腿追了出去。

跑出酒店大堂，刺骨的冷意随即扑面而来。沈余却不管不顾，一头扎进风雨里。她只有一个念头，躲起来，不要让言峥看见自己。

明明迫切地想见他，却又怕见到他。怕看见他露出怨恨的眼神，怕他责问当年为何提分手，怕他早已放下过往，怕只有自己还沉浸在这段感情里，怕他不再爱她了……

言峥追出来后，看到跑进大雨里的沈余，气急败坏地冲过去迅速地将她拉了回来。

酒店门口，他看着浑身湿漉漉的女孩儿，疼惜地说道："沈余，你跑什么？"

"……我怕你打我……"沈余抽抽噎噎，低着头看着自己的脚尖，不敢看他。

"……"言峥被她的回答气笑了，"我是想狠狠揍你一顿，再把你吊起来，倒一倒你脑子里进的水，问一问你怎么这么多年光长年龄不长智商？”

沈余下意识地想反驳他打人是犯法的，结果就听见他语气幽幽地说道：“可我舍不得。”

大雨一声声敲打在心头，她猛然抬起头来，眸子撞进了他饱含情深瞳孔里。

“舍不得你伤心难过，所以假装不知道你生病。舍不得你掉眼泪，所以每次过病房而不入。因为舍不得，所以就算再想陪在你身旁，也只能假装什么都不知道……沈余，那些你以为我不知道的事，其实我统统都知道。对不起，这么久以来，一次都没有陪在你身边……”

外头大雨倾盆，她看着他满眼的深情，再也隐忍不住，号啕大哭起来。

年复一年，对抗病魔的时候，她没有哭；努力复健的时候，她没有哭；可是现在，听到他说舍不得，听到他说原来什么都知道，她的眼泪如同洪水溃堤般再也止不住了。

“哭什么？没出息……”言峥伸手温柔拭去她脸上的泪水，语气有些凶又透着几分怨念：“我又不会跑！只要你一回头，我永远都在。可是你也太狠心了，这么多年才回头看我……”

“呜……，阿峥，对不起，对不起，对不起……”沈余一头扑进他怀里，紧紧搂住他。

对不起，让你如此担心和难过，那些我自以为是为你好而擅自做下的决定，一定让你很伤心很伤心。

真的，真的很对不起。

最后，谢谢你，依然深深地爱着我。

—全文终—